홀딩
,턴

홀딩, 턴

holding, turn

서유미 장편소설

위즈덤하우스

1,

 화면에 댄스파티 장면이 나왔을 때 지원은 리모컨을 내려놓았다. 어둠 속에서 색색의 조명이 반짝이고 10대 아이들이 경쾌한 스윙재즈에 맞춰 춤을 추었다. 케이블 채널에서 영화 「라 붐La Boum」이 방영 중이었다. 본 지 오래됐는데도 제목이 바로 떠올랐다. 음료수를 마시려고 바에 온 소피 마르소에게 남자 주인공이 헤드폰을 씌워주는 유명한 장면이 이어졌다. 노래가 흘러나오는 순간 완전히 달라진 공기가 그들과 화면 밖의 자신을 또다시 감쌌다. 몇십 년이 지났는데도 헤드폰 속의 「리얼리티Reality」는 그곳의 댄스 음악과 춤추는 사람들을 다 지우고 두 사람을 새로운 세계로, 그들만의 달콤한 환상 속으로 인도했다.

발라드 음악 속에서 끌어안고 블루스를 추는 두 사람을 보며 지원은 예전에 모르던 비밀을 발견했다. 헤드폰에서 흘러나오는 「리얼리티」의 감미로움에 젖어 있는 건 소피 마르소뿐이고 남자 주인공은 홀 안에 울리는 댄스 음악을 들으면서도 꿈꾸는 듯한 얼굴로 블루스를 추고 있다는 점이었다. 너에게 아름다운 음악을 들려줄 수 있고 우리만 다른 세계에 머물 수 있다면 그것으로 충분하다는 표정이었다. 저게 첫사랑의 감성이구나. 현실 속에서 환상에 빠져드는 게 사랑이구나. 흥얼흥얼 따라 부르던 후렴구의 'Dreams are my reality'라는 가사, 꿈들이 나의 현실이라는 뜻이 비로소 완전하게 이해되었다.

 엔딩 크레디트가 올라가는 동안 지원은 거실 끝에 놓인 크림색 방문을 힐끗 쳐다보았다. 방문은 굳게 닫혔고 열릴 기미가 없었다. 이곳에는 춤을 추는 사람들도, 서로를 알아본 두 사람을 하나로 묶어주는 음악도 존재하지 않았다. 시간만이 정직하고 야속하게 흘러갔다. 「라 붐」과 「리얼리티」의 세계는 오래전에 사라졌고 자신은 거실에서, 영진은 서재에서 주말을 보내는 게, 일주일 동안 말을 섞지 않은 채 지내는 게 현실의 상황이었다.

 텔레비전을 끄자 주위가 조용해졌다. 영화를 보기 전에는 해가 쨍했는데 옆으로 기울어 어둑한 기운이 한두 방울씩 퍼져나갔다. 일요일 오후는 특유의 템포로 흘러가면서 쓸쓸한 기분을 자아냈다.

피아노 소리가 바람에 실려 15층의 창문을 넘어왔다. 요즘도 「아드린느를 위한 발라드Ballade pour Adeline」를 치는 사람이 있구나. 가끔 머뭇거리기는 했지만 연주는 비교적 매끄럽게 이어졌다. 익숙한 멜로디를 따라가며 지원은 친정집 거실에 있는 낡은 피아노를 떠올렸다.

「은파Silvery waves」나 「소녀의 기도A Maiden's prayer」가 인기를 끌던 시절 일요일 오후면 아파트 단지 안에는 이 집 저 집에서 뚱땅거리는 피아노 소리와 공놀이하는 아이들이 서로의 이름을 부르는 소리가 돌림노래처럼 이어졌다. 해가 지기 시작하면 소리는 차츰 줄어들었고 마침내 어둠 속에 잠겨 완전히 사라졌다. 지원과 언니도 피아노 뚜껑을 닫고 악보 정리를 한 다음 가족들과 둘러앉아 저녁을 먹었다.

언니가 피아노를 치는 동안 지원은 잡지를 들척거리며 멜로디를 흥얼거렸지만 대체로 월요일이 오는 게 싫다는 생각에 잠겨 있었다. 그때 이미 월요일 자체보다 일요일 속을 서서히 지나가는 것이 더 힘들다는 걸 알았다. 어른이 되면 삶의 내공이 생겨 일요일 오후의 불안이나 공허함 같은 건 이겨 낼 수 있으리라 생각했는데 여전히 일요일의 끝자락에서 월요일에 다가서는 일은 익숙하지 않았다.

피아노 소리는 이곳의 불안이나 냉랭함과 상관없이 평화롭게 연주를 이어갔다. 지원은 다시 텔레비전 리모컨을 만지작거렸다. 지난 일주일 동안 집에서 한 일이라고는 새벽까지 드라마와 영화를 보다 잠든 게 다였다. 상황이나 관계에 대해 깊이 생각하기 싫어서 드라마 한 편을 처음부터 끝까지 이어봤고 끝나면 또 다른 시리즈를 시작했다. 영진과 냉전 중인 현실을 잊기 위해 타인들의 이야기 속으로 들어갔다.

낮 동안 조용하더니 영진의 방에서 쿵쿵거리는 발소리와 서랍을 여닫는 소리가 새어 나왔다. 재혁과 통화하는 소리도 중간중간 섞였다.

- 야, 그쪽으로 가면 어떡해. 12시 방향으로 가라니까……. 너 이번 판은 안 되겠다.

40대 초반인 그들의 대화는 게임에 빠진 중학생들의 것과 비슷했다. 낮은 탄식과 웃는 소리와 탄성과 욕설이 짤막하게 이어졌다.

지원은 소리의 진원지인 크림색 방문을 쳐다봤다. 부부싸움을 한 뒤 상황이 심각해지면 영진은 그 방에서 지냈다. 화해하기 전까지 지원은 그 방의 문을 열어보지 않았다. 일주일은 가정집의 서재가 오래된 피시방의 모습과 비슷해지기에 충분한 시간이었다. 냄새를 풍기며 쌓여 있을 컵라면 용기와 맥주 캔, 널브러진 과자 봉지를 상상하는 것도 불쾌하지만 방구석에 쥐처럼 웅크리고 있을 검은색과 회색의 양말짝을 떠올리면 몸 여기저기가 가려워지는 기분이었다. 지원은 닫힌 방문을 벌컥 열고 들어가는 자신을 떠올리다가 그만두었다. 지난 일주일 동안 방 앞을 지나갈 때마다, 그 안에서 소리가 흘러나오고 문틈으로 불빛이 새어 나올 때마다 감정이 오르내렸다.

지원은 자신이 견디기 힘든 게 무엇 때문인지, 저 방에 있는 사람인지 그 사람의 어떤 부분인지 매번 거기에 걸려 넘어지는 자신인지 냉랭하게 대치하고 있는 일주일의 시간 때문인지 곰곰이 생각해봤다. 생각에 매이다 보면 감정이 더 상할 수 있다는 걸 알면서도 멈출 수 없었다. 영진은 처음에는 조용히, 조심스럽게 행동하다가 점차 아무 일 없다는 듯 지냈다.

— 야, 이쪽으로, 이쪽으로. 이재혁이 실력 많이 줄었네.

게임의 세계에 빠진 영진의 목소리가 방 밖으로 튀어나왔다. 그는 재혁과 대결하느라 현실을 잊었을 것이다. 방 밖에 지원이 있고 집 안에 괴괴한 침묵이 흐르고 출근해야 하는 월요일이 성큼 다가왔다는 사실도 잠시 잊었을 것이다. 그러기 위해서 게임에 몰두하는 것이니 목적을 달성한 셈이었다.

창밖의 피아노는 귀에 익은 몇 곡을 지나 엘가의 「사랑의 인사Salut d'Amour」를 연주했다. 지원은 다른 곡들의 제목을 떠올리려고 애쓰다가 포기했다. 「사랑의 인사」는 결혼식이 시작되기 전에 홀과 신부 대기실에 흐르던 음악이라 제목이 또렷이 떠올랐다. 지원이나 영진이 고른 것은 아니고 예식장에서 틀어놓는 곡이었다. 대기실에 앉아서 친구들과 사진을 찍고 이야기를 나누다 보면 그 음악이 어색한 침묵과 비현실적인 기분 사이를 메워주었다. 나중에 가족들과 결혼식 영상을 보면서 그날의 크고 작은 실수와 기쁨과 슬픔에 대해 이야기할 때 언니가 예식장에 흐르던 음악에 대해 말했다.

- 그때 우리도 일찍 와 있었잖아. 그런데 30분 내내 「사랑의 인사」가 흘러나오는 거야. 아, 결혼생활이 이렇다는 거구나. 제일 좋아하는 시디를 한 장 고른 다음 평생 들어야 하는 거구나. 그렇게 생각하니까 이해가 쉽더라고. 단순한 음악이 아니라 메타포였던 거야.

언니는 질렸다는 듯 고개를 절레절레 흔들었고 지원은 킥킥거리며 웃었다. 메타포가 무슨 뜻인지는 모르지만 상황 판단이 빠른 아빠와 엄마는 동생이 먼저 결혼한 것에 대해 충격을 받기는커녕 농담이나 해대는 큰딸을 뜨악한 얼굴로 쳐다보았다.

「사랑의 인사」가 멈추었을 때 방문이 열리고 트레이닝 바지에 티셔츠를 입은 영진이 나왔다. 그는 테이블에 앉아 있는 지원을 힐끔 쳐다보더니 방과 화장실을 들락거렸다. 영진이 겉옷을 챙겨 들고 현관 앞에 서자 센서 등이 반짝, 불을 밝혔다.

지원은 운동화를 찾아 신는 영진을 불렀다.

— 오빠.

오빠, 소리에 영진은 어정쩡하게 선 채로 천천히 돌아보았다.

— 어?

그가 대답도 물음도 아닌 말을 내뱉었다. 잘못 들었나, 의심하는 표정이었다. 싸운 지 일주일 만에 서로의 얼굴을 정면에서 쳐다보았다. 둘 다 아무 말도 하지 않자 오빠, 소리는 공중에 잠시 떠 있다가 사라졌다.

지원은 결혼 후 상황에 따라 영진을 오빠, 자기야, 여보 중 하나의 호칭으로 불렀다. 평소에는 오빠라고 불렀고 자기나 여보는 친밀감과 애정을 드러낼 때 썼다. 만난 지 얼마 안 됐을 때 영진이 다음에 만날 때는 영진 씨 말고 오빠라고 불러줄 수 있어요? 그랬으면 좋겠는데, 하고 조심스럽게 말을 꺼냈다. 글쎄요, 라고 얼버무리면서 오빠 소리가 그렇게 좋은가, 촌스럽게 왜 호칭에 연연하지, 내가 그쪽을 왜 오빠라고 부릅니까, 친오빠도 없는데, 하는 생각에 마음이 삐딱해졌다. 그래서 한동안 의식적으로 꼬박꼬박 영진 씨, 하고 불렀다. 그 뒤로 영진이 또 그런 부탁을 했는지는 기억나지 않는다. 언제부턴가 자연스럽게 오빠라고 불렀고 오히려 영진 씨, 김영진 씨, 라는 호칭을 장난스럽게 활용했다.

그때 오빠라는 말을 듣고 싶어 안달하던 영진은 나중에 자기야, 라고 불러달라며 졸랐다. 지원이 오빠, 하고 외치듯 부르면 자기가 뭘 잘못했나 싶어서 겁이 난다는 것이었다. 그 말을 들었을 때 지원은 마음이 삐딱해지지도 않았고 촌스럽다고 여기지도 않았다. 흔쾌히 자기야, 하고 불렀다. 호감이 쌓이고 사이가 가까워질수록 호칭이 친밀해지는 게 더 자연스러웠다.

지원은 말없이 영진의 눈을 응시했다. 연애할 때나 결혼한 뒤에도 싸우고 난 다음 침묵을 깨는 건 늘 영진이었다. 그렇다 보니 그 일은 그의 몫처럼 느껴졌다. 지원아, 이름을 부르거나 자기야, 람쥐야, 애칭을 부르며 이제 그만 화 풀고 밥 먹자고 말문을 열곤 했다. 몇 년 동안 그는 그 역할에 충실했고 지원은 끈기 있게 기다렸다. 이틀이나 사흘 만에 영진이 말을 걸면 지원은 잠깐 뜸을 들였다가 사과했다.

- 그래, 밥 먹어. 별일도 아닌데…… . 생각해보니까 내가 좀 과민 반응했네.

침묵이 갑갑했다는 듯 지원의 사과는 오래 이어졌다. 메뉴를 고르고 밥을 먹는 동안에도 미안하다는 말을 종알거렸다.

- 생각해보면 별거 아닌데 참질 못했어. 화내서 미안해.

그러면 영진은 말해봐, 네가 뭘 잘못했는데? 꼬치꼬치 따지며 피곤하게 굴지 않았다. 그는 사과하고 화해하면 그 싸움의 페이지를 다시 들춰보지 않는 타입이었다. 대신 싸움의 원인을 지속적으로 제공하면서 바꾸려고 노력하지도 않았다.

영진은 겉옷을 든 채로 어색하게 서 있었다. 지원은 현관의 센서 등이 꺼졌다가 다시 켜지는 것을 보았다. 이번에는 감정의 소모가 심해서 더 기다릴 여력이 없었다.

- 우리 얘기 좀 해.
- 다음에 하자. 재혁이랑 저녁 먹기로 했어.

- 다음에 언제? 언제까지 이렇게 지낼 건데?

영진은 반박하지 않았지만 자기 약속을 존중해주지 않는 것에 대해 기분이 상한 듯 얼굴을 구겼다.

결혼 후 처음 싸웠을 때는 한두 시간 동안 말하지 않고 지냈다. 그다음에는 반나절, 한나절로 길어졌다. 그러다가 냉전 기간이 하루, 이틀을 넘어섰다. 반년 전부터는 일주일씩 말도 섞지 않은 채 각방을 쓰며 지냈다. 한번 선을 넘고 나자 그다음부터는 일주일은 버텨야 자신이 화났다는 걸 입증할 수 있는 상태가 되었다. 지난번 싸움에서는 냉전 상태가 열흘 넘게 이어졌고 이번에는 아직 일주일째지만 보름을 가뿐히 넘기며 장기전에 돌입할 것 같은 양상을 보였다.

영진은 뒷머리를 긁적거리다가 테이블 맞은편에 앉았다. 휴대폰을 꺼내 시간을 확인한 뒤 메시지를 입력했다. 그 모습을 지켜보며 지원은 얘기를 어떻게 풀어가야 하나 고민했다. 일주일 사이에 영진의 왼쪽 눈에는 쌍꺼풀이 생겼다. 피곤하거나 아파서 얼굴이 해쓱해졌을 때만 나타나는 것이었다. 서로 사이좋게 지내도 출근해서 사람들을 상대하며 밥벌이하고 살기 힘든데 안식처까지 무너지면 마음 붙일 데가 없어서 몸과 영혼이 급속도로 황폐해지기 마련이다. 지원은 영진의 왼쪽 눈에 쌍꺼풀이 생기면 안쓰럽고 짠했다. 그건 자주 연민을 자극했고 얼어붙은 마음을 해동하는 버튼 역할을 했다. 그런데 이번에는 어떤 상태로만 보일 뿐 버튼을 누르는 동력이 되지 않았다.

마주 앉은 채로 두 사람은 아무 말도 하지 않았다. 불을 켜지 않은 실내는 차근히 어둠에 잠겨갔고 어둑한 시야로도 그의 이마 라인이 좀 더 위로 올라간 걸 확인할 수 있었다. 다투기 직전에 두 사람은 탈모에 대해 이야기했다. 이 정도는 탈모도 아니라는 영진과 M 자형 탈모가 꽤 진행됐다는 지원이 팽팽하게 맞섰다. 다른 남자들은 머리가 한 올만 빠져도 호들갑을 떨어서 피곤하다는데 영진은 대체 얼마나 더 벗어져야 현실을 인정할지 답답했다. 옥신각신 끝에 영진은 마지못해 탈모가 시작됐음을 인정했고 약을 먹기로 결정한 상태였다. 병원에 갈지 한의원에 갈지, 정말 약을 입에 털어 넣기까지 가야 할 길이 멀었다. 그런데 둘이 틀어지면서 탈모 약 얘기는 먼 데로 날아가버렸다.

지원은 일어나서 거실과 주방의 불을 켰다. 난방을 하지 않은 집 안이 썰렁했다.

- 뭐라도 좀 마시지. 뭐 마실래?

- 아무거나.

영진이 멍한 얼굴로 중얼거렸다. 지원은 수납장을 연 뒤 티백과 캡슐을 살펴봤다. 둘 다 종일 제대로 챙겨 먹지 않아서 커피나 녹차보다는 따뜻한 코코아가 나을 것 같았다. 지원은 컵에 뜨거운 물을 붓고 티스푼으로 저었다.

- 재혁 씨 만나면 뭐 해?
- 그냥 술이나 마시겠지. 근데 할 얘기라는 게 뭐야.

영진의 목소리와 표정에서 피곤이 찐득하게 묻어났다. 마치 그들 사이에 지원만 알고 영진은 모르는 화제가 따로 있는 것 같았다. 사과를 주고받거나 진지하게 얘기를 나눌 수 있는 상태가 아닌 것 같았고 그걸 원하는 것 같지도 않았다. 나중에 다시 얘기할까. 영진의 태도 때문에 의욕이 사그라들었지만 지원은 미루고 싶지 않았다. 이제 이런 냉전은 의미가 없다고 생각했다. 이 순간이 지나면 극적으로 화해하게 될까, 다시 휴전에 들어갈까. 가만히 있으면 영진은 평소처럼 재혁과 술을 마시고 새벽에 들어와 서재에서 잠들 테고 이 생활은 다음 주에도 이어질 것이다. 멈춰서 바꾸자고 얘기하기에는 한 주가 끝나가고 새로운 한 주가 시작되려는 지금이 적당해 보였다. 오랜만에 본 「라 붐」과 창밖에서 들려온 피아노 연주

탓에 지원은 감상적인 상태였고 그 기운을 빌려보기로 했다. 테이블 위에 코코아가 든 컵을 내려놓았다.

- 아무리 생각해봐도 이렇게 사는 건 아닌 것 같아서.

- 살다 보면 이런 때도 있는 거지, 뭐. 다들 깨 볶으면서 사는 거 아니야.

영진은 손바닥으로 얼굴을 벅벅 문질렀다. 그가 하는 말도 손안에서 뭉개졌다. 냉전 상태에 지치고 무감각해져서 이런 상태가 별일 아니라고 생각하는 건지, 문제가 있다고 인정하는 게 두려워서 다들 이런 식으로 산다고 믿게 된 건지는 알 수 없었다.

평소에 지원과 영진은 의견 조율을 잘하는 편이었지만 양보하기 힘든 부분에서 의견이 충돌하거나 문제가 생기면 격렬하게 말다툼을 벌였다. 그 과정에서 누군가 사과하며 물러서지 않으면 감정이 틀어져서 회복하기 어려운 상태가 되었다. 싸움이 길어지면 날카롭게 벼린 말을 거두고 선을 넘지 않으려고 애써도 지나치게 뜨거워지거나 차갑게 식었다. 차가워진 사람이 말을 멈추고 격해진 사람이 숨을 고르는 동안 사랑과 관계에 대한 회의가 번져나갔다.

화해하는 순간까지 두 사람은 집의 공간을 나누어 썼다. 지원이 침실을 사용하고 영진이 서재에서 지냈다. 신혼 때부터 싸운 상태로는 같이 밥을 먹지 않았기 때문에 주방에서 마주치는 일은 거의 없었다. 새집으로 이사 온 뒤에는 하나뿐인 화장실 앞에서 어색하게 순서를 기다릴 필요도 없었다.

출퇴근 시간은 알아서 조절했다. 공무원인 영진이 먼저 출근했기 때문에 지원은 잠이 덜 깬 상태에서 그가 나가는 소리를 들었다. 영진은 몇 분 동안 쿵쾅댄 뒤 후다닥 달려 나갔다. 현관문 잠기는 소리가 나면 지원은 침대에 좀 더 누워 있다가 거실로 나왔다. 식탁 겸 탁자로 쓰는 테이블 위에 가끔 물컵이 놓여 있을 뿐 주방은 대체로 깨끗했다. 지원은 침실과 거실을 간단히 정리한 뒤 씻었다. 테이블에 앉아 시리얼을 떠먹거나 퇴근길에 사다가 냉장고에 넣어둔 샌드위치나 김밥을 꺼내 먹었다. 영진과 달리 아침에 뭐라도 먹어야 움직일 수 있었다.

저녁에는 각자 편한 시간에 들어왔다. 두 사람은 퇴근 이후 시간을 보내는 방식이 달랐다. 영진은 이때를 기다렸다는 듯 온갖 모임에 참석하며 새벽에 들어왔고 지원은 매장 문을 닫자마자 간단한 저녁거리를 사서 빈집으로 향했다. 월요일에는 순대볶음, 화요일에는 돈가스, 수요일에는 쌀국수를 포장

하는 식이었다. 그걸 먹고 나서 새벽이 될 때까지 드라마와 영화를 봤다. 혼자 먹는 밥은 빨리 식었고 열심히 먹어도 줄지 않았고 헛배가 부르거나 금세 꺼졌다.

지원은 코코아를 한 모금 마셨다. 코코아는 뜨거울 때 호호 불어가며 마셔야 하는데 맛있는 온도를 놓쳤다. 영진은 휴대폰을 들여다보며 짧게 한숨을 쉬었다. 그의 컵에서 흘러내린 코코아가 테이블에 동그란 자국을 남겼다. 지원은 그 자국이 찬찬히 말라가는 걸 지켜봤다.

테이블을 산 지 한 달쯤 지났을 때 가운데 부분에서 갈색의 진한 얼룩을 발견했다. 판매자는 천연 목재가 사람의 피부처럼 빛이나 바람, 습도 같은 외부 환경과 관리 상태에 따라 색이 달라질 수 있다고 했다. 빛이 어느 한 부분에 중점적으로 드는지, 습도의 문제인지, 단순히 뭐가 묻어서 얼룩이 진 건지 알 수 없었다. 한동안 없애려고 다양한 시도를 했지만 약품과 도구를 동원했는데도 얼룩은 점점 커지고 진해지는 것 같았다.

마음에 드는 크기, 재질, 색상에 대해 오래 고민하다 구매를 결정한 테이블이라 애정이 남달랐다. 처음에는 막연히 대리석이 아니라 원목이면 좋겠다는 생각만 했는데 알아볼수록 목재의 종류가 다양해서 고르기가 어려웠다. 꾸준히 인터넷으로 검색하고 가구점에 가서 직접 확인했다.

우연히 매장 근처 가구점에서 이 테이블을 봤을 때 단번에 끌렸다. 물푸레 원목으로 만들어진 6인용 테이블은 깔끔하고 견고했다. 나무의 무늿결을 잘 살려서 색이 밝지도 어둡지도 않았다. 테이블을 고르는 동안 지원은 그 자체의 멋보다 집과의 조화에 더 중점을 두었다. 이 테이블은 그동안 봤던 것들 중에서 크고 비싼 편이었지만 이사할 집의 주방과 매치해봤을 때 그림이 제일 만족스러웠다.

그런 테이블의 한가운데에 얼룩이 생기고 나니 신경이 온통 거기 쏠렸다. 어떤 날은 잠에서 깨자마자 거실에 나가 테이블 위를 살펴봤다. 손톱만 하던 얼룩이 손가락만 해지고 손바닥만 하게 커지는 것 같은 기분마저 들었다.

얼룩 때문에 속상해하고 있을 때 언니가 집에 놀러 왔다.

- 볼수록 맘에 들어. 진짜 잘 샀어.

언니는 테이블을 손바닥으로 탁탁 두드렸다. 칭찬을 들으니 더 속이 상해서 지원은 얼룩 얘기를 꺼냈다. 지원의 눈에 손바닥만 하게 보이는 걸 언니는 못 찾고 헤맸다.

- 여기 있잖아, 여기.

언니가 지원과 테이블을 번갈아 쳐다봤다.

- 눈에 뵈지도 않는구만. 아주 지랄을 하는구나.

언니는 손톱을 세워 테이블 위를 확 긁는 시늉을 했다.

- 너는 가끔 이상한 거에 집착하더라.

- 내가 뭘?

지원은 언니를 흘겨봤다.

- 테이블은 쓰라고 만든 거야. 아까우면 머리에 이고 살아. 밖에 내놓지 말고.

밥을 먹고 차를 마시는 동안 언니는 카레 묻은 숟가락을 테이블에 내려놓고 커피를 흘린 다음 제대로 닦지도 않았다. 지저분하게 먹네. 구시렁거리면서 지원은 카레와 커피 자국을 깨끗이 닦았다.

그런 시간들, 애정과 집착을 지나고 나자 테이블의 얼룩은 딱 새끼손톱만 하게 보였다. 어쩌면 그사이 얼룩이 더 늘었는지 모르지만 더 이상 신경 쓰이지 않았다. 코코아가 만든 얼룩 정도는 금세 지울 수 있었다. 굳어진 침묵을 깨고 대화를 이어가는 게 더 어려웠다.

- 싸워서 이런 얘기를 하는 게 아니라, 난 우리한테 문제가 있다고 생각해.

지원의 목소리는 조금 갈라졌다.

- 그래, 문제 있지. 문제없는 부부가 어디 있냐.

열어서 안의 내용을 들여다보려는 지원과 페이지를 자꾸 덮으려는 영진이 가볍게 충돌했다.

평소에도 영진은 무슨 일이든 덮어두려는 편이었고 지원은 들추는 쪽이었다. 화해할 때도 미안하다, 에서 끝나는 게 아니라 이번 싸움에서 나는 이런 부분을 잘못했는데 오빠는 어때? 다음에는 안 그럴 거지? 복기하고 다짐을 받으려고 했다. 가끔은 지원의 그런 면 때문에 2라운드의 싸움이 시작되기도 했다.

지원도 그런 자신이 마음에 드는 건 아니었다. 불의나 비리와 맞서는 것도 아니고 가까운 사람과 다투고 화해하는 건데 꼬치꼬치 따지면서 기분을 상하게 할 필요가 있을까, 생각하면서도 그 순간에는 깨닫거나 멈추지 못했다. 영진의 표정이 바뀌는 걸 보고 난 뒤에야 후회했다. 그럴 때면 영진도 어떤 타이밍을 놓쳐서 싸움의 원인을 제공하는 거구나, 상대를 화나게 만들려는 게 아니라 귀찮아서 버티다 보니 싸움이 시작되는 거구나, 이해했다. 그러나 후회와 이해는 오래가지 않았다.

어떤 문제는 모른 척하고 피해가는 게 도움이 될 수도 있다. 물컵이 엎어지고 쓰레기통이 넘치고 빨래 바구니가 꽉 찬 경우에는 먼저 본 사람이 슬그머니 치우면 그만이다. 하지만 집에 쥐나 벌레가 들끓고 벽에서 물이 샐 때는 같이 원인을 알아보고 재정비하거나 이사를 가야 하는 게 아닐까. 지원의 눈에는 금이 간 벽과 곰팡이가 핀 천장이 보였다. 벽지로 덮어두고 커튼으로 가려두었지만 붕괴 조짐이 이곳과 두 사람 사이에 도사리고 있었다. 한 번쯤은 커튼을 들추고 벽지를 걷어내야 한다고 생각했다. 이번 싸움도 원인은 사소하지만 두 사람 사이에서는 아주 심각하고 고질적인 문제에 해당했다. 싸움의 팔 할 정도는 이렇게 가벼운 말다툼으로 시작해서 서로에 대한 비방과 원망, 분노로 번져나가는 거라고 해도 무리가 아니었다.

지원과 영진은 한동안 침묵했다. 만약 이 장면에 해피엔딩이 존재한다면 그동안 해왔던 화해의 패턴 안에 있을 것이다. 영진이 먼저 말을 걸 때까지 기다렸다가 그가 자세를 낮추고 목소리를 누그러뜨리면 지원이 사과를 하는 패턴. 영진이 고개를 끄덕거리며 싸움에 대한 얘기는 그만하자고 페이지를 덮어버린 뒤에야 비로소 평화가 찾아올 것이다. 그러면 두 사람은 표면상 예전으로 돌아가게 되겠지. 서로를 곁눈질하던 시선을 바로잡고 인상을 풀고 테이블에 앉아 늦은 저녁을 배달시켜 먹거나 모처럼 팔짱을 낀 채 외식을 하러 나갈 수도 있을 것이다. 그런 다음에는 조각밖에 남지 않은 휴일을 의미 있게 보내려고 뒤늦게 애쓰겠지. 극장에서 심야영화를 보거나 소파에 앉아 최근 개봉작을 골라서 결제하거나 서로를 굉장히 원했던 것처럼 섹스에 돌입할지도 모르겠다. 두 사람 사이에 형성된 화해의 법칙을 그대로 따라간다면 그런 밤을 보낼 가능성이 컸다.

이제 지원은 그렇게 하고 싶지 않았다. 예전에는 영진이 먼저 말을 걸면 못 이기는 척 받아주고 의례적으로 사과했다. 같은 집에 살면서 언제까지나 못 본 척, 모른 척하고 살 수 없으니까. 쇼윈도 부부로 살 게 아니고 이 결혼생활을 끝내고 싶은 게 아니라면 화해하는 편이 나으니까. 물론 대부분의 사과나 화해는 진심이었지만 진심의 퍼센트는 점점 줄어들었다. 언제부턴가 화해하고 난 뒤에도 말끔해지지 않고 감정의 찌꺼기 같은 게 내부에 남았다. 세면대나 배수구 위에 드러나는 건 대충 치우며 지냈지만 수챗구멍 속에 지저분한 것들이 쌓여서 통로가 점점 좁아지는 기분이었다. 이건 아닌데, 이 문제에 대해 제대로 얘기해봐야 한다고 생각하면서도 그게 또 다른 싸움이 될까 봐 입을 다물었다. 시원하게 뚫으려면 관을 분리해서 안에 든 것을 끄집어내거나 독하고 강력한 약을 부은 뒤 녹을 때까지 기다려야 하는데 시간은 부족하고 인내심은 적었다.

영진의 시선은 지원이 아닌 거실과 부엌 이곳저곳을 떠돌았다.

- 얘기하기 싫어? 왜 자꾸 딴전을 피워?
- 지금 이런 얘기 해서 뭐 해. 다음에 얘기해.
- 그럼 이것만 말할게. 나는 지금 심각해. 오빠가 생각하는 것 이상으로.
- 무슨 얘기가 하고 싶은 거냐.
- 이혼을 생각할 정도로 심각하다고.

지원이 이혼이라고 말하자 영진이 지원의 눈을 똑바로 쳐다봤다.

둘 사이에 이혼 얘기가 등장한 게 처음은 아니었다. 신혼 초에 격렬하게 말다툼할 때도 한 사람이 이혼이라는 말을 꺼내면 둘 다 무기처럼 그 말을 휘둘렀다. 이혼은 강력한 무기이자 최고의 방어수단이었다. 연애할 때 사랑과 결혼을 이용했던 것처럼 이혼을 사용했다. 그 말은 나 사랑하는 거 맞아? 결혼

다시 생각해봐야겠어, 같은 협박보다 힘이 세서 상대를 더 강하게 내리쳤다. 날이 선 말을 주고받는 동안에는 감각이 무뎌지지만 화해하고 난 뒤에는 상대가 했던 말이 남긴 상처 때문에 욱신거렸다. 그 말과 함께 이혼 얘기를 꺼낸 건 어떤 의미일까. 지원과 영진 모두 자신의 말끝에 묻은 독에 대해서는 생각하지 않고 상대가 뱉은 말에서 나온 독이 자신의 상처 위에 번져나가는 것만 아파했다. 화해한 뒤에도, 마주 앉아 밥을 먹고 일상적인 대화를 주고받을 때도, 한 침대에서 잠이 드는 순간에도 다정한 얼굴 뒤에 숨은 목소리가 문득 소리쳤다. 나랑 왜 같이 사냐? 이혼해, 그만 끝내자고. 억양과 표정까지 떠오를 때면 부부싸움이 정말 칼로 물 베기가 맞나 싶었다.

첫 번째 결혼기념일에 두 사람은 와인 잔을 부딪치며 1년의 삶을 돌아보았다. 그런대로 잘 살아왔다는 자축과 함께 앞으로 어떻게 살아가자는 계획에 대해 얘기했다. 생활 습관과 가사 분담에 대한 반성과 다짐도 이어졌다. 그리고 싸울 때 말조심하자, 이혼 얘기는 함부로 꺼내지 말자, 자기가 한 말에 대해서는 책임을 지자, 몇 개의 중요한 룰도 정했다. 부부싸움이 줄어든 건 아니지만 덕분에 이혼이라는 말에 무게가 생겼다.

- 이혼 얘기 함부로 꺼내지 않기로 했잖아.

영진이 얼굴을 구기며 팔짱을 꼈다.

- 지금 그 정도로 심각하다고.
- 나중에 얘기하자는데 뭐가 그렇게 심각해.
- 나중에 언제 하자는 건데?

대화는 앞으로 나가지 않고 꼬리를 잡는 식으로 맴돌았다.

- 이혼 얘기…… 충분히 생각해본 거야?

지원이 천천히 고개를 끄덕거리자 영진이 겉옷을 손에 들었다.

- 나도 생각해볼 테니까 너도 다시 생각해봐.

의자에서 일어난 영진이 현관에서 신발을 찾아 신었다. 센서 등이 다시 반짝, 불을 밝혔다. 현관문 잠기는 소리가 난 뒤 불이 꺼졌다.

지원은 테이블에 혼자 남았다.

매장에 들어가니 예령이 손님들에게 세일 상품을 보여주고 있었다. 야구모자를 쓴 여자는 여자아이 코트를, 단발머리 여자는 남자아이 점퍼를 손에 들고 살펴봤다. 근처 어린이집에 아이를 데려다주고 들른 젊은 엄마들인 것 같았다. 두 사람 다 옷과 가격은 마음에 들지만 간절기용 겉옷과 당장 입힐 봄옷 사이에서 고민하는 눈치였다. 아이들은 예상하지 못한 순간에 쑥 자라고 미리 사둔 옷은 다시 꺼냈을 때 미묘하게 헌 느낌이 나서 엄마들의 결정을 어렵게 만들었다.

월요일의 매장은 썰렁하고 건조했다. 지원은 가방과 겉옷을 내려놓은 다음 벽에 붙은 냉난방기의 온도를 확인했다. 난방기와 가습기 모두 정상적으로 작동 중이었다. 4월 초는 명백한 봄인데 일교차가 커서 아침, 점심, 저녁이 각기 다른 계절 같았다. 매장에서 입는 카디건의 앞섶을 좀 더 여몄다.

아침에 라디오를 켰을 때 디제이가 자정 무렵 중부지방에 눈발이 흩날렸다는 소식을 전해주었다. 눈 얘기를 들으며 지원은 잠이 묻은 얼굴로 침대를 빠져나왔다. 그 시간에 뭘 했더라. 침대 옆 탁자 위에는 잠들기 전까지 보다가 밀어둔 노트북이 놓여 있고 바닥에 봉지들이 널브러져 있었다. 커튼을 닫고 주전부리를 우물거리며 드라마를 보던 순간에 창밖으로 겨울의 마지막 자락이 지나간 모양이었다. 디제이가 4월의 눈을 목격한 사람들의 사연을 읽어줬다. 괴괴한 침실 안의 풍경이 상상을 방해했다. 봄이 되면서 침대의 이불과 매트리스 커버를 바꾸기로 해놓고 손도 대지 않았다. 지나간 일주일이 먼지가 되어 집 안 여기저기를 떠돌아다녔다.

집 상태나 먹고 입는 것도 문제지만 시간을 사용하는 방식이 가장 형편없었다. 집에 있을 때 지원은 대부분의 시간을 드라마 보는 일로 소비했다. 평소에는 시사 관련 다큐멘터리를 즐겨 보는데 냉전 중에는 자신과 상관없고 일어날 리 없는 허구의 얘기에 매달렸다. 힘들 때만 신을 찾으며 그 신앙심으로 한때를 지나가는 사람처럼 영진과 틀어진 시기에는 드라마만 보며 지냈다. 퇴근해서 집에 오면 새벽까지 계속 이어보기를 눌렀다. 멈출 수 없을 만큼 재미있어서가 아니라 현실에 대해 생각하지 않기 위해 그쪽으로 눈을 돌렸다. 늦게 자고 깊이 잠들지 못하고 아침에 일어나는 게 힘든 날들이 이어졌다.

지원이 영화나 드라마를 본다면 영진은 술을 마시고 게임을 했다. 취한 상태로 귀가한 뒤 새벽까지 게임에 매달렸다. 두 사람은 각자의 방식으로 서로를 견디고 자신을 견디고 남아도는 시간을 견디며 냉전 속을 지나갔다.

어른이 된 뒤로 월요일 아침에는 평소보다 한 템포 빠르게 움직였다. 기상 시간도 앞당기고 출근 준비도 서두르고 정류장이나 지하철역에 갈 때도 빨리 걸었다. 환승이나 하차 시간을 줄이기 위해 운행 중인 지하철 안에서도 걸어 다녔다. 이유를 알 수 없지만 월요일에는 평소보다 길이 막히고 버스나 지하철에도 사람이 많았다. 수수께끼를 풀지 못한 채 월요일이 되면 그저 한 템포 서둘렀다. 알 수도 바꿀 수도 없다면 등 뒤의 태엽을 여러 번 바짝 돌리는 수밖에 없었다. 그런데 지난주에 이어 이번 주 월요일에도 늦게 출근했다. 오랜 규칙조차 무기력을 이기지 못했다. 매장 오픈은 예령이, 마감은 지원이 하기로 정해두었지만 지점장이 게을러지는 순간 매장이 휘청이기 시작한다는 걸 염두에 둘 필요가 있었다.

출근길에 지원은 겨우내 신던 부츠 대신 가벼운 스니커즈를 꺼냈다. 집과 매장이 도보로 30분 거리라 봄이 되면 자전거를 타거나 산책 삼아 걸어 다녀야지, 마음먹었는데 미세먼지가 심한 날이 많았다. 마스크를 챙겨 다닐 정도로 꼼꼼한 편은 아니지만 스모그 속을 달릴 만큼 무모한 성격도 아니었다. 휴대폰으로 미세먼지 농도를 확인하곤 버스 정류장으로 방향을 틀었다. 창가 자리에 앉아 이어폰을 끼고 음악을 틀었다. 볼륨을 높이자 버스가 미세먼지 속을 지나는데도 숨쉬기가 한결 편했다. 매장이 아니라 다른 곳으로 가고 싶다는 생각을 잠깐 했지만 버스는 정해진 노선대로 달렸다. 전용 도로를 달리다 좌회전 코스로 접어들 때 고개를 돌려 멀어지는 길을 쳐다보았다.

 각방을 쓰던 일주일 동안 지원은 집과 매장만 오갔다. 매사에 의욕이 없고 어떤 일에도 집중하기 어려웠다. 친구를 만나거나 모임에 나가는 것도 내키지 않았다. 잘 지내는 것처럼 꾸미거나 부부싸움 얘기를 미주알고주알 까발리며 징징거리고 싶지 않았다. 그저 드라마를 이어보며 처음 부부싸움을 했을 때 운동을 했다면, 자전거를 타고 한강에 나가거나 헬스클럽에 가서 티셔츠가 다 젖을 때까지 러닝머신 위를 달렸다면, 책을 읽거나 요리를 했다면 어땠을까, 그런 버릇이 생겼다면 삶이 달라지지 않았을까, 생각해보곤 했다.

 젊은 엄마들은 마음을 정하지 못한 채 이 옷 저 옷 꺼내봤다. 여러 사람이 와서 구매를 망설일 때는 한 사람의 결정이 중요하다. 비슷한 이유로 고민할 때 한 사람이 사면 덩달아 구매하고 누군가 안 사겠다고 하면 아쉬워하면서도 내려놓는다. 지원은 예령에게 눈짓을 보낸 뒤 손님들 쪽으로 걸어갔다. 젊은 엄마들이 관심을 갖는 옷의 가격표를 가리키며 이렇게 세일을 많이 하는 옷은 무조건 사야 한다거나 이거 사면 돈 벌어가는 거라고 얘기하지 않았다. 당장 한 벌의 옷을 팔

때는 그런 말이 효과적일지 모르지만 단골을 확보하기 위해서는 조금 돌아갈 필요가 있었다. 지점장으로 일하기 시작하면서 지원이 주력한 건 단골 만들기였다. 한 명의 고객 뒤에 250명의 잠재 고객이 있다는 조 지라드의 '250명 법칙'을 모토로 삼았다. 그 덕에 대로변에서 한 블록 벗어난 곳에 위치한 매장이 한 해, 두 해 버틸 수 있었다.

지원은 봄 기획 상품으로 나온 옷들도 꺼내서 보여주었다. 두 사람이 매장에 오래 머물며 많은 옷들을 둘러보도록 안내했다. 젊은 엄마들은 행거에 걸린 옷들을 꼼꼼히 넘겨봤다. 지원이 근처 어린이집 얘기를 꺼내자 시설과 분위기에 대해 스스럼없이 얘기했다. 요즘 아이들 옷의 유행과 금방 커서 가늠하기 어려운 사이즈에 대해 고민하다가 처음에 고른 점퍼와 코트 대신 봄에 입힐 치마와 바지를 한 벌씩 샀다.

손님들이 계산을 마치고 돌아가자 예령이 활짝 웃었다.

- 오늘 개시했네요. 세일 상품 아니면 못 팔 줄 알았는데.

지원은 매장용 노트북으로 지난주 매출 현황을 확인했다. 며칠 만의 판매인지 기억도 나지 않았다. 손님도 적었지만 구경하러 온 사람들에게 적극적으로 다가가지도 않았다. 매출뿐 아니라 월요일, 목요일, 주말의 경계가 희미하고 이 아침과 그 오후, 퇴근길 저녁의 풍경들이 믹서에 넣고 갈아버린 것처럼 죄다 섞였다.

그래도 출근할 곳이 있고 몰두할 일이 있다는 게 지원을 지탱해주었다. 매출은 저조해도 매장이 있어 버틸 수 있었다. 출근하면 영진이나 집에 대한 생각을 의도적으로 지웠다. 주어진 상황만 보고 이후에 대해서는 생각하지 않으려 애썼다. 매장 문을 닫고 퇴근할 때 거리에 내려앉은 어둠만큼 짙은 우울이 엄습하면 따라잡히지 않으려고 걸음을 빨리했다. 집에 오면 다시 맥이 풀렸지만 다음 날이면 어김없이 매장을 향해 걸었다.

밀크티를 타서 예령에게 건네고 지원도 한 모금 마셨다. 빈속에 따뜻하고 부드러운 차가 내려앉았다.

- 점장님, 벚꽃 날리는 거 봤어요? 폈나 싶더니 벌써 떨어지더라고요.

예령은 연애를 안 하니 봄 기분도 나지 않고 꽃구경도 시큰둥하다며 아쉬운 듯 밖을 내다봤다. 어제 새벽에 눈이 왔다는 소식과 너무 대조적이었다. 꽃이 언제 피었더라. 지원은 꽃이 피는 것도, 떨어지는 것도 모른 채 지냈다는 걸 깨달았다. 신발을 바꿔 신고 난방 온도를 조절하고 햇빛과 바람에서 봄기운이 난다고 느꼈으면서도 꽃에 대해서는 무관심했다.

두 사람은 꽃구경 핑계를 대며 점심 도시락을 사러 나갔다. 마음 같아선 근처 공원에라도 가고 싶었지만 매장을 오래 닫아둘 수 없어 천천히 걸어 돌아왔다. 대낮의 거리에 활짝 핀 꽃들이 죽 늘어서 있었다. 바람이 불 때마다 사방에서 꽃잎이 흩날렸다. 아무것도 하지 않았는데 이런 꽃을 볼 수 있다는 게 이상했다. 라디오를 틀어놓고 음악의 볼륨을 높인 뒤 탁자에 앉아 도시락을 먹었다.

지난 한 주 동안 점심을 먹고 문 앞에 면발이 담긴 그릇을 내놓거나 돈가스와 초밥이 든 일회용 용기를 버릴 때마다 이렇게 한 끼를 때웠구나, 이렇게 하루가 가는구나, 자조했다. 때우는 건 구멍이 나거나 빈자리가 생긴 데를 일시적으로 메우는 것이라서 식사의 시간이나 비용과 상관없이 포만감이 없고 고단했다. 끼니를 때우고 시간을 때우며 지원은 자신이 무엇을 메우고 있는지, 자신에게서 빠져나간 것이 무엇인지 생각했다. 사랑인가, 자존심인가, 안정된 생활인가. 대체 무엇을 대체하고 있는 걸까.

믹스커피를 타서 마시는데 단톡방에 이나와 승아의 메시지가 올라왔다.

지원, 이번 주는 시간 괜찮아?

또 미루기 없기.

지원은 스크롤을 위로 올려 이전의 메시지를 확인했다. 지난주 월요일에 받은 메시지는 화요일에 어디서 볼까, 이번에는 너희 매장으로 갈까, 였다. 그 밑에 지원은 일이 있어서 이번 주는 힘들 것 같아, 둘이 보든가 한 주 미루자, 하고 답을 달았다. 영진과 싸운 직후라 친구들을 만나 웃고 떠들 기분이 아니었다. 남편에게 아이를 맡기고 나오기로 한 이나는 모임이 미뤄져서 실망한 눈치였지만 다음 주에 둘 다 끝장내버릴 테니 각오해, 하며 웃는 이모티콘을 남겼다. 승아는 이번 주 잘 보내고 다음 주에 보자며 느낌표를 찍었다.

이나는 매번 끝장내버리겠다고 큰소리쳤지만 자정이 되기도 전에 해롱대다가 택시를 타고 아이와 남편이 잠든 집으로 향했다. 이번에도 그러리라는 걸 셋 다 알았다. 엄마가 된 뒤 이나는 항상 시간에 쫓겼고 신데렐라처럼 헐레벌떡 떠나며 자신만의 유리구두를 남겨놓곤 했다. 지갑이나 휴대폰일 때도 있고 머리띠나 끈, 양말을 벗어놓고 간 적도 있었다. 그러고선 전화를 걸어 물건의 행방을 물으며 자책과 자학을 쏟아냈다. 애 낳고 건망증이 심해졌다며 다음 날 찾으러 오기도 하고 남편이 퇴근길에 가지러 오기도 했다. 그래도 다음 모임이 다가오면 또 너희 다 끝장내버릴 거라고 으름장을 놓았다. 지원과 승아는 밤을 쪼개자는 이나의 설레발에 매번 그래, 오늘 한번 죽어보자, 맞장구쳤다. 실현 여부에 대해서는 굳이 짚고 넘어가지 않았다. 친구의 어떤 부분이 관계를 치명적으로 망치지 않는다면 모르는 척 넘어가주고 유머러스하게 받아치는 게 세 사람이 우정을 유지하는 비결이었다.

지난주에 그런 메시지를 주고받으며 모임을 미뤘다는 것도, 그사이 한 주가 지나 화요일이 다가왔다는 것도 새삼스러웠다. 커다란 지우개가 일주일의 시간을 듬성듬성 지워버린 것 같았다. 지원은 잠시 고민하다가 답을 남겼다.

내일 우리 집으로 와. 둘 다 집에 못 갈 줄 아서.

우리 집, 이라고 입력하는 동안 방 안을 떠돌아다니던 먼지와 어수선한 거실과 텅 빈 냉장고가 떠올랐다. 식어가는 코코아를 앞에 두고 무겁게 침묵하던 순간과 영진이 겉옷을 들고 일어나 현관을 빠져나가던 장면이 재생되었다. 그때는 1미터도 안 되는 테이블 너머가 세상에서 가장 먼 곳 같았다. 너무 멀어서 쓰는 말이 다르고 낮과 밤과 계절이 다르고 사랑과 미움을 표현하는 방식이 다르고 건너갈 엄두도 낼 수 없는 곳 같았다.

앗싸. 냉장고에 맥주 꽉 채워놔.

반건조 오징어 가져가겠음. 촉촉하게 구워라, 무수리야.

열띤 반응에 지원은 웃는 표시를 남겼다. 친구들에게는 가능한 이해와 포용이 왜 같이 사는 사람에게는 발휘되지 않는지, 우정과 결혼을 대하는 방식이 달라서 그런 건지 스스로도 의아했다.

세 사람이 한 달에 한 번, 마지막 주 화요일 저녁에 만나서 회포를 푼 지 7년째였다. 학생 때는 따로 날을 정해두지 않고 내키는 대로 만났고 「섹스 앤 더 시티Sex and the City」를 보고 감명받은 뒤로는 토요일 오전에 만나 브런치를 먹었다. 승아가 결혼하면서 유부녀 친구의 탄생과 함께 모임은 평일 저녁으로 옮겨갔다. 한창 무라카미 하루키에 빠져 있던 승아는 『화요일의 여자들』이라는 소설책을 읽고 난 뒤 우리도 화요일 저녁에 모여야 한다고 주장했다. 금요일도 아니고 화요일? 이나의 질문에 승아는 소설 속 여자 얘기를 했다.

— 남자 주인공에게 불쑥 전화를 거는 여자가 있는데, 다짜고짜 이렇게 말해. 10분만 얘기하고 싶어요.

승아의 말부에 지원은 비로 웃음이 터졌다.

― 남자가 이런저런 핑계를 대니까 계속 10분만 얘기하면 돼요, 라고 조른다니까.

그건 세 사람이 자주 하는 얘기였다. 바빠서 통화할 시간이 없을 때도, 그만 집에 들어가야 할 때도 누군가 10분만 더, 라고 하면 어쩔 수 없이 수다를 이어갔던 것이다. 그때부터 모임명은 '화요일의 여자들'이 되었다.

오후에는 오전에 왔던 엄마들이 어린이집 가방을 멘 아이들을 데리고 왔다. 앞서 보고 갔던 점퍼와 코트를 입혀보려 하자 아이들이 귀찮은 듯 몸을 뒤척였다. 지원은 장식용으로 놓아둔 인형을 가져와서 아이들의 주의를 끌었다. 소매를 어느 정도 접을 수 있는지, 길이를 어디까지 낼 수 있는지 보여주자 엄마들은 이 정도면 올겨울까지 입을 수 있겠네, 보는 것보다 입으니까 더 예쁘다, 잘하면 한 해 넘겨서 입힐 수 있겠어, 하며 마음에 들어 했다. 지원은 옷을 담은 쇼핑백에 양말을 한 켤레씩 더 넣었다.

그 뒤로 몇몇이 더 옷을 구경하고 갔지만 매출로 이어지지는 않았다. 해가 기울면서 공기가 서늘해졌다. 고요함이 매장 여기저기 옷처럼 걸렸다. 매장에서 창밖을 내다보면 땅에 발을 디디고 서 있는데도 세상 밖으로 밀려난 기분이었다. 여기가 어딘가, 여기에서 무얼 하고 있나. 공허감이 깊어졌다.

친구들과 메시지를 주고받은 이후 휴대폰은 잠잠했다. 지원과 영진은 싸우고 나면 서로 연락하지 않았다. 신혼 초에는 왜 먼저 연락하지 않느냐며 그 문제로 또 다투었다. 언제부턴가 화해하기 전에는 메시지조차 보내지 않게 되었다. 사이가 좋을 때는 틈날 때마다 연락을 주고받았다. 평일은 긴데 주말은 짧다는 것이 인생 최대의 비극 같고 하루의 대부분이 각자의 일터에서 사라지는 게 아까웠다. 그런 날들은 꽃잎처럼 흩어져버렸다. 하루에 한 번도 연락하지 않고 몸보다 마음의 거리가 더 멀어 서로를 떠올리지 않는 게 아프지도 이상하지도 않은 순간이 왔다.

종일 지원은 딱 한 번 영진을 떠올렸다. 친구들이 오기 전에 청소를 해야 하는데 영진이 쓰는 방은 어떻게 할까. 그때 영진이 지금 무슨 생각을 하고 있을지, 앞으로 어떻게 하고 싶은 건지 헤아려봤다. 예전이라면 거리에 핀 봄꽃을 봤을 때 제일 먼저 영진을 떠올렸을 것이다. 데이트하고 싶고 같이 걷고 싶어서 꽃길 너무 예쁘지, 전화를 하거나 사진을 찍어서 보냈을 것이다. 냉전 중이었다면 이렇게 좋은 날 싸우다니 처량하네, 인생 뭐 있나고 이렇게 사나 싶어서 마음이 조금 녹았을 것이다. 그런데 이번에는 그런 마음도 생기지 않았다.

이혼을 생각할 만큼 심각하다고 했던 게 빈말은 아니지만 마음은 아직 갈 바를 정하지 못했다. 각자의 생각이나 감정에 대해 더 얘기해봐야 한다고 생각했다. 물론 영진이 얘기하자고 할 때까지, 그가 문을 열고 나와 테이블의 맞은편에 앉은 뒤 입을 열 때까지 기다려야 할 것이다.

퇴근길에 지원은 버스 정류장이 아니라 걷기 좋은 길 쪽으로 방향을 잡았다. 벚꽃이 만개해서 평소보다 거리에 사람이 많았다. 가로수가 전부 벚나무였다는 게 놀라웠다. 조명을 켜놓지 않았는데도 연분홍빛의 꽃 무더기는 어둑한 하늘 아래에서 희미하게 빛났다. 바람이 불 때마다 머리 위에서 꽃비가 내렸다. 사람들이 멈춰 서서 꽃을 쳐다보거나 사진을 찍었다. 지원은 자신도 모르게 눈을 감았다.

집에 도착한 뒤 창문을 열고 청소를 시작했다. 먼지 통이 꽉 찼는지 청소기의 흡입력이 시원치 않았다. 청소기를 돌리는 건 영진의 몫이었다. 그가 하는 가사 노동 중 비중이 가장 큰 일이었다. 영진은 퇴근해서 집에 오면 이틀에 한 번꼴로 성실하게 청소 업무를 수행했다. 이제부터 청소를 한다! 생색을 내면서 청소기로 거실과 부엌, 침실과 서재를 밀고 다녔다. 처음에 지원은 따라다니며 여기도, 저기도, 잔소리를 했지만 효과도 없고 영진의 기분만 상하게 한다는 걸 알고 그만두었다. 이틀에 한 번 청소기가 집 안을 훑고 지나간다는 것에 만족했다.

청소기란 먼지를 빨아들여 청소를 돕는 기계라 주기적으로 먼지 통을 비우고 부속품들을 닦아줘야 제대로 쓸 수 있다. 그런데 영진은 청소기를 꺼낸다, 전원 버튼을 누른다, 집 안을 돌아다닌다, 의 순서만 반복했다. 지원이 뒷마무리까지 부탁해, 하며 먼지 통을 비우는 모습을 몇 번 보여줬지만 매번 알았어, 하고는 잊었다. 지원은 영진의 알았어, 가 지긋지긋했다. 그는 알았다는 말을 곧잘 했지만 행동으로 옮긴 적은 거의 없었다. 그 대답은 다음을 기약하지 않는 것, 지금을 지나가기 위한 수단에 가까웠다.

지원은 쪼그리고 앉아 청소기의 먼지 통을 비웠다. 주먹만 한 먼지 뭉치와 자잘한 부스러기들이 바닥에 쏟아졌다. 청소기를 청소하는 일, 물걸레를 빠는 일, 드러나지 않지만 생활을 가능하게 만드는 일을 할 때면 산다는 게 사소하고 무의미하고 반복적인 노동으로 굴러간다는 생각이 들었다. 영진은 설거지나 빨래 널기 같은 집안일을 부탁하면 군소리 없이 했지만 자발적으로 찾아서 하는 건 아니었다. 결과물은 한 번 더 손봐야 했고 가끔은 이것 좀 해달라고 말하는 것도 불편했다. 같이 사니까 공동의 일인데 지원이 해야 하는 일을 돕는 듯한 태도도 마음에 들지 않았다.

지원은 먼저 거실과 부엌의 먼지를 빨아들인 다음 영진이 쓰는 방을 쳐다보았다. 그 방의 상태를 보게 되면 화가 날지, 짠한 마음이 들지 알 수 없었다. 문을 열고 들어가 깨끗이 치우고 싶기도 하고 모르는 척 닫아두고 싶기도 했다.

방문을 바라보고 있는데 현관의 잠금이 해제되며 영진이 들어왔다. 그는 청소기를 든 지원을 잠시 쳐다보더니 방에 들어갔다. 지원은 침실로 가 침대 밑의 먼지를 빨아들였다. 팔을 길게 뻗어도 청소기가 닿지 않는 부분이 있어 낑낑거리다 그만두었다. 매트리스 커버를 바꾸려고 붙박이장의 문을 여는데 영진의 목소리가 들렸다.

- 잠깐 얘기 좀 하자.

지원은 이불을 내려놓은 뒤 부엌으로 갔다. 테이블의 맞은편에 앉았다. 영진이 물을 한 컵 따라서 건넸다.

지원과 눈이 마주치자 영진은 시선을 피했다. 이발할 때가 지난 머리가 덥수룩했다. 남색 점퍼는 이런 날씨에 좀 더워 보였다. 싸우고 난 뒤에 지원이 옷을 챙겨주지 않자 일주일 내내 같은 점퍼를 입고 출근한 모양이었다. 탈모가 진행된 데다 로션도 제대로 바르지 않는지 일주일 사이에 그는 부쩍 늙어 보였다.

― 무슨 얘기부터 할까?

― 이런 일 때문에 이혼 얘기가 오간다는 게 좀 그렇지만…… 너도 힘들고 나도 힘드니까. 그동안 우리가 자주 싸웠던 것도 사실이고.

영진의 말을 들으며 지원은 고개를 끄덕거렸다. 현실과 상태를 인정하는 지점에서 대화가 시작되는 거라면 그는 준비가 된 것 같았다.

영진은 이번에도 그냥 모르는 척, 심각하게 받아들이지 않은 채 지나가고 싶었다. 그러면 예전으로 돌아갈 수 있지 않을까, 막연히 바랐다.

― 가족의 문제라는 게 꼭 들춰야 해결되는 건 아니니까. 밖에서 만나는 사람들과는 다르잖아.

그는 시간이 지날수록 내밀해지고 이해의 영역을 뛰어넘는 사랑의 속성에, 부부라는 관계의 특수성에 좀 더 기대고 싶었다. 물론 그도 싸움의 주기가 점점 짧아지고 냉전의 기간이 길어지고 감정의 찌꺼기가 쌓여가는 걸 체감했다.

- 뭔가 해야 한다는 건 알겠는데 마음뿐이었어.
- 무슨 일이든 그때그때 얘기하면서 풀고 서로 조심하면 좋잖아.

지원은 싸울 때 종종 하는 말을 또 했다. 영진도 이러다 결혼 전에는 이해하지 못했던 부부들처럼 되는 게 아닐까, 겁이 났다.

- 사는 게 이런 건가, 다들 이렇게 사나, 둘러보게 되더라.

어쩌다 한번 싸우는 게 아니라 가끔 화해하며 사는 사람들. 사랑해서 결혼했는데 원수가 되거나 한집에 살면서 같이 밥을 먹는데 서로에게 가장 냉소적인 사람들. 그렇게 살고 싶지 않았다. 한 번쯤은 꽉 막힌 수챗구멍을 뚫어야 한다는 걸 알면서도 섣불리 덤볐다가 역류해서 바닥이 지저분해지고 옷이 다 젖을까 봐 겁이 났다. 할 수만 있다면 피해가고 싶었.

- 네가 이혼 얘기를 꺼내지 않았다면 천천히 해나가고 싶었어. 변명처럼 들리겠지만.

영진의 목소리는 차분했다. 지원도 공감되는 부분이 있어서 그랬구나, 라고 대답했다. 예전 같으면 이 정도의 대화만으로도 사과와 이해와 용서가 쏟아졌을 것이다. 무슨 얘기인지 알겠어. 네 마음이 어떤지, 진심이 뭔지 알겠어. 마음이 통했다는 것만으로 웃음이 나고 전기가 찌릿하게 통하던 시절은 지나갔다. 잘못을 깨닫고 인정하는 것만으로 면죄부를 얻던 기간도 끝났다. 슬쩍 풀어지는 감정에 기대기에는 서로와 자신에게 이미 많이 속았고 배반당했다. 결혼생활은 그런 공감의 부스러기만으로 유지되지 않았다. 지원이 입을 열었다.

- 시간을 갖고 더 생각해보는 게 좋겠어.
- 그동안은 따로 지내자. 자꾸 부딪치는 것보다는 그게 나을 것 같아.

영진은 뜸을 들이다 어때? 하고 물었다. 지원은 뭐라고 답해야 할지 몰라 컵 손잡이만 만지작거렸다. 피하는 게 해결에 도움이 될까, 판단이 서지 않았지만 부딪치고 싶지 않은 마음도 숨길 수 없었다.

- 그게 편하면 그렇게 해.

영진이 입은 점퍼의 어깨 부분에 벚꽃 잎이 붙어 있었다. 분홍색 꽃잎 하나가 영진이 어깨를 들썩이거나 팔을 움직일 때도 떨어지지 않고 용케 버텼다.

- 그럼 내가 당분간 재혁이 집에서 지낼게.

영진은 물을 마시고 일이나 방에 들어갔다. 그가 여행용 트렁크에 물건을 챙기는 동안 지원은 테이블에 앉아 무엇이 어떻게 돼가는 건가, 상황을 파악하려 애썼다.

— 토요일쯤 만나서 다시 얘기해보자.

영진이 들고 나온 트렁크는 가벼워 보였다. 지원은 현관에서 신발을 신는 영진을 지켜봤다.

— 필요한 거 있으면 와서 또 가져가.

— 그래. 최대한, 가능성 쪽에서 생각해보자.

영진은 그 말을 남긴 뒤 현관문을 열고 나갔다. 서늘한 저녁 공기가 안으로 밀려 들어왔다. 지원은 센서 등이 꺼질 때까지 그 자리에 서 있었다.

멍하게 있다가 거실에 있는 라디오를 켜고 볼륨을 높였다. 귀에 익은 팝송이 흘러나왔다. 침실에 들어가 하려던 일을 마저 했다. 창문을 열어놓고 낑낑거리며 매트리스의 커버를 벗기고 새 커버를 씌우고 베갯잇도 새것으로 바꾸었다.

떨어져 지내면 생활 속에서 부딪치지 않고 두 사람의 관계와 미래에 대해 객관적으로 바라보며 고민할 수 있겠지. 그럴 수 있을 것 같았다. 그럴 때 제대로 된 답을 찾을 수 있겠지. 그런데 다시 같이 지내게 되면 그때도 객관과 거리감이 효과를 발휘할 수 있을까. 지원은 영진의 말을 하나하나 곱씹어봤다. 가능성 쪽에서 생각해보자니, 그런 말을 하는 것만으로도 가망이 없는 것처럼 느껴졌다.

'이런 일 때문에 이혼 얘기가 오간다는 게 좀 그렇지만…….' 책장 위와 테이블, 액자 틀같이 먼지가 쌓인 곳을 닦는 동안에도 영진이 했던 말이 불쑥불쑥 튀어나왔다. '이혼'이라는 말에 신경이 더 쓰일 줄 알았는데 이상하게 '이런 일'이라는 말에 마음이 더 뭉툭해졌다. 지원은 한동안 집 안 여기저기에 묻어 있는 이런 일을 문질러 닦았다. 불행과 비극에는 명백한 이유가 있는 편이 견디기 수월하다. 딸꾹질을 하다가 죽었다거나 접시 물에 코 박고 죽었다는 것보다 교통사고나 암 투병 끝에 죽었다는 얘기가 모두를 의심 없이 안전한 비극으로 이끈다.

잘 지내는 것 같던 연인이나 부부의 관계가 깨질 때 상대의 불륜이나 변심, 파산, 폭력, 중독은 선명한 파경의 이유가 될 수 있다. 그러나 하나로 명명하기 어려운 이유들이 자잘하게 집 여기저기에 곰팡이처럼 번져버린 경우도 있다. 볼 때마다 닦고 주기적으로 꺼내서 말리는데도 은밀하고 깊숙하게 번져나간 곰팡이를 목격할 때면 어느 순간 맥이 탁 풀리며 손을 놓고 싶어진다. 곰팡이가 관계를 삼켜버리는 것이다.

지원은 거실을 치운 다음 화장실에 들어갔다. 세제 묻힌 솔로 세면대와 양변기를 문질렀다. 거울과 벽과 바닥도 거품을 내어 닦았다. 실리콘 위에 점점이 검게 박힌 곰팡이를 박박 지웠다. 다른 생각은 하지 않고 표면의 얼룩과 타일 틈새의 곰팡이를 없애는 것에만 집중했다. 샤워기로 물을 뿌려 거품을 씻어내자 물기 묻은 거울과 타일이 반짝거렸다.

손을 씻고 나오자 비로소 허기가 졌다. 냉장고 옆에 붙어 있는 배달 스티커를 살펴보다가 냉장고 문을 열었다. 두 번째 칸에는 시댁에서 가져온 김치와 반찬 통이, 세 번째 칸에는 엄마가 언니 편에 보낸 김치와 반찬 통이 쌓여 있었다. 무언가가 들어 있는데 냉장고가 비었다는 느낌을 지울 수 없었다.

두 사람은 엄마들의 반찬에 많이 의지했고 종종 밑반찬을 사다 먹었다. 밥 먹을 때 테이블 위에 종류별로 꺼내놓으면 영진은 자기 집에서 보낸 김치와 반찬을 즐겨 먹었다. 시어머니의 요리 솜씨가 좋아서 결혼 전까지 그는 꽤 괜찮은 음식을 먹으며 살았다. 그런 탓에 결혼하고 반년 동안 지원이 만든 국과 찌개와 전골과 반찬을 먹으며 매번 고개를 갸웃거렸다. 시어머니의 요리가 평범한 비주얼에 입에 착 붙는 맛이 특징이라면 지원의 요리는 그럴싸한 비주얼에 밍밍한 맛의 부조

화를 뿜냈다. 영진은 요리 솜씨나 노력에 대해 말하는 대신 우리가 굳이 이렇게 살 필요가 없다고 선언했다. 이렇게 맛없는 걸 만든다고 장 보고 재료 다듬고 비싼 양념과 시간 들여가며 요리한 다음 뭔가 미진한 기분 속에서 한 끼 먹고 냉장고에 넣었다가 상한 뒤에 버리느라 고생하는 건 엄청난 에너지 낭비라고 했다.

요리 솜씨라면 영진이 지원보다 나았지만 그는 요리할 때마다 싱크대를 발칵 뒤집어놓고 뒷수습은 제대로 하지 않았다. 시간도 오래 걸려서 밥 한 끼 차리는 데 한두 시간씩 걸렸다. 영진이 요리하겠다고 나서도 지원이 적극 만류했다. 그가 집밥에 대해 체념했을 때 지원은 아쉬우면서도 안도했다. 사실 결과물의 상당량이 음식물 쓰레기로 버려질 때마다 자책감에 시달리던 터였다. 영진이 괜찮아, 사 먹으면 어때, 라고 말했을 때 그와 결혼하길 잘했다고 생각했다.

그 뒤로 두 사람은 나가서 사 먹고 포장해오고 얻어먹었다. 특별한 날에만 시간을 들여 음식을 만들었다. 다행히 두 사람이 만드는 특식은 평상시 식사보다 먹을 만했다. 부작용이라면 시댁에 갈 때마다 영진이 시어머니의 반찬에 집착한다는 점이었다. 그는 뭔가를 먹을 때마다 엄마, 이거 맛있다, 우리

갈 때 싸줘, 를 연발했다. 처음에는 많이 먹어, 다 싸줄게, 하며 좋아하던 시어머니도 영진의 노골적인 요구가 반복되자 지원을 이상한 눈으로 쳐다봤다.

- 엄마 음식 하느라 힘든 생각은 안 하고 네 생각만 하냐?

아주버님이 대놓고 뭐라고 해도 영진은 엄마가 한 게 맛있잖아, 하며 웃었다.

식사 뒤에 텔레비전을 보며 과일을 먹을 때 시어머니가 지원만 주방으로 불러 반찬 만드는 법을 열심히 설명해주기도 했다. 지원은 열심히 받아 적었지만 재료와 조리 순서를 안다 한들 똑같은 맛이 날 리 없었다. 정작 그 상황을 만들어낸 당사자는 소파에 비스듬히 누워 텔레비전이나 보고 있다는 점도 지원의 심사를 건드렸다. 그 문제 때문에 시댁에 갔다 올 때마다 두 사람은 티격태격했다. 민망하니까 그만하라고 해도 영진은 뭐 어때, 가족끼리 괜찮아, 하며 우겼다.

- 싸 와서 맛있게 먹으면 되지. 형이 뭐라고 하는 거 신경 쓰지 마. 금방 잊어버리는 사람이야.

마음이 불편하기도 하고 영진이 워낙 잘 먹기도 해서 시어머니가 한 반찬에는 손이 가지 않았다.

그렇게 사연이 많은 반찬도 일주일 동안 밥을 차려 먹지 않자 대부분 상했고 김치에도 곰팡이가 피었다. 지원은 반찬들을 꺼내 일회용 비닐 팩에 버린 뒤 입구를 꽁꽁 묶어 냉동실의 마지막 칸에 넣어두었다.

영진은 지원이 냉동실에 음식물 쓰레기를 모아두는 걸 싫어했다. 먹는 것 옆에 꼭 쓰레기를 모아둬야 해? 지원은 영진을 이해하기 어려웠다. 쓰레기를 꺼내 먹자는 것도 아니고 잠깐 보관했다가 버리자는 건데, 자기가 내다 버릴 것도 아니면서 왜 냉동실을 열 때마다 잔소리를 하지. 그 의아함 안에는 내 방식을 절대 바꾸지 않을 거라는 의지가 담겨 있었다. 내가 뭐 어때서. 바꾸거나 눈감을 수도 있는 문제 앞에서 두 사람은 종종 부딪쳤고 사안에 따라 입장이 바뀌었다. 결혼 초에는 합의의 과정 속에서 알콩달콩 투닥거리는 게 재미있기도 했지만 어느 순간부터 부딪치는 것 자체가 스트레스가 되었다. 문제에 대처하는 상대의 태도가 거슬리는 건지, 상대가 나와 다른 의견을 품었다는 사실 자체가 싫은 건지 모호했다.

상한 음식까지 버리고 나자 명백한 밤이 되었다. 배는 고프지만 딱히 먹고 싶은 게 없었다. 결혼한 뒤로 두 사람은 몸무게가 꾸준히 늘었고 새해 목표에서 다이어트가 빠진 적이 없었다. 먹는 데 쓰는 만큼 다이어트를 위해 쓰는 돈도 늘어났다. 덕분에 시댁에 가서 우리 아들 반쪽이 됐네, 소리는 안 들었지만 친정 식구들과 친구들은 결혼했다고 너무 퍼지는 거 아니냐며 구박했다. 한 끼쯤 굶으면 어떤가 싶어서 그대로 소파 위에 누웠다.

다시 며칠의 유예기간을 갖게 되었다. 토요일까지 시간이 충분한지, 그렇게 얻은 결론이 두 사람의 삶을 어떤 방향으로 인도할지 모르겠지만 관계와 감정과 앞으로의 삶에 대해 생각할 수 있는 시간이 더 생긴 건 분명했다. 엉키고 막힌 관계에 약품을 한 통 다 부었으니 기다려보면 알게 될 것이다. 무엇이 녹고 어떤 것이 영영 녹지 않을지. 이제 영진의 태도에 따라 화해와 냉담의 제스처를 취하지 않고 이 생활과 상대와 자신에 대해서만 고민해보기로 했다.

라디오에서는 스윙댄스의 연습곡이었던 「싱 싱 싱Sing sing sing」이 흘러나왔다. 어떤 노래는 안다거나 좋아한다는 개념을 떠나 한 시절의 풍경이 된다. 연습곡을 듣자 스윙댄스를 배우던 시절과 같이 춤을 추던 멤버들, 그때의 기분이 자연스럽게 떠올랐다. 음악이 데려온 장면과 불러일으키는 감정이 마음을 휘청거리게 만들었다.

책장 위에 놓인 액자 속에서 지원과 영진은 어깨를 나란히

한 채 환하게 웃고 있었다. 7년 후의 고민에 대해서는 짐작할 수 없다는 듯 천진하고 기대에 찬 얼굴이었다.

2,

 처음 만났을 때 영진의 이름은 진.

 많은 사람들이 평소에 동경하던 이름이나 좋아하는 배우, 운동선수의 이름을 따서 닉네임으로 붙일 때 그는 자기 이름에서 한 글자를 빼는 것으로 닉네임을 정했다.

 진을 처음 만났을 때 지원의 이름은 랄라.

 차분하고 중성적인 본명이 지루해서 가볍고 경쾌한 닉네임을 생각하다가 즉흥적으로 떠올린 것이었다.

 진과 랄라, 랄라와 진은 인생의 아주 예외적인 순간에 의외의 장소에서 만났다. 그때 그곳에 가지 않았더라면 둘은 서로의 존재조차 모른 채 살아갔을 가능성이 크다. 그러니 그 사실을 의식했을 때 둘 사이에 피어오르던 호감에 불이 붙고 끝어당기는 힘이 더 강력해진 것은 당연한 일인지도 모른다. 사람들은 우연과 운명이 삶에 개입할 가능성에 대해 회의를 품으면서도 그것이 자신을 휘감아버리는 순간에 압도당하고 만다.

그때 지원은 아동복 회사에 다녔다. 매일 단조롭게 집과 회사만 오가는 나날들이었다. 애인과 헤어진 지 1년이 넘었는데도 새로운 연애가 시작될 기미는 보이지 않았다. 가끔 점심을 같이 먹는 직장 동료도 처지가 비슷했다. 두 사람은 부서가 달라 마주칠 일이 별로 없었지만 동갑에, 회사 체육대회 때 같은 팀이었다는 인연으로 종종 뭉쳤다. 점심을 먹으며 여초 집단인 이 바닥에서는 남자를 만나지 못할 것 같다는 푸념을 주고받았다. 그런 얘기를 백 번쯤 한 뒤에야 비슷한 취미를 가진 사람들을 만나보자는 결론에 도달했고 같이 동호회 활동을 해보기로 결심했다. 거기까지 마음을 모으는 데도 시간이 제법 걸렸으니 괜찮은 동호회를 찾아 가입하고 본격적으로 활동하려면 갈 길이 멀었다.

- 사진 동호회 어떨까?

동료의 말에 지원은 사진 찍는 남자와 함께 서 있는 자신을 떠올려봤다.

- 요즘 DSLR 동호회 많잖아. 취미로 찍을 정도면 취향도 나쁘지 않을 것 같고, 카메라 장비가 무거우니까 차가 있을 가능성도 높은데……. 역시 그런 남자들은 나이가 너무 많으려나.

지원이 고개를 갸웃거리는 바람에 사진 동호회는 물 건너갔다. 그다음 물망에 오른 건 직장인 밴드, 목공예, 캘리그래피 등이었다. 전부 흥미를 유발했지만 어렵다거나 소질이 없다는 이유로 두 사람 모두에게 선택받지 못했다.

- 동호회 고르는 것도 쉽지 않네.
- 이왕에 시작하는 거 신중하게 골라야지.

지원은 사는 동안 즐거웠던 일이 뭐가 있었나, 그동안 뭘 해보고 싶었나 더듬어봤다. 무취미에 가까운 인간이라 학창 시절에도, 대학생이 된 뒤에도 뭔가에 미쳐본 적이 없었다. 어떤 일을 동경해본 적은 있어도 직접 배워보거나 도전해볼 마음은 생기지 않았다. 매년 특별활동 시간에는 뭘 했는지 떠올려봤지만 기억이 가물거렸다. 사는 게 대체로 민숭민숭했다. 중학생 때 체육 선생님과 같은 반의 남학생을 짝사랑했고 고등학생 때는 영어 선생님과 동급생을 좋아하다가 조용히 마음을 거뒀다. 시시한 학창 시절, 재미없는 청춘, 마음을 주었던 몇 안 되는 사람들에 대해 생각하다가 고등학생 때 동급생 부분에서 멈춰 섰다.

지원이 다닌 공립 고등학교에는 축제 때 2학년 재학생 전체가 포크댄스를 추는 전통이 있었다. 수험생이 되기 전에 추억을 만들어주려는 취지에서 시작됐다는데 이 때문에 이성에 대한 관심이 증폭돼서 면학 분위기가 망가지고 대학 진학률이 낮아진다는 학부모들의 원성이 하늘을 찔렀다. 해마다 없어질 거라는 소문이 도는 가운데 아슬아슬하게 이어졌다.

이 거지 같은 학교에 계속 다니는 이유가 포크댄스 때문이고 포크댄스만이 입시 지옥의 퍽퍽함에서 자신을 구원해내리라 믿었던 친구들은 댄스 폐지론이 고개를 들면 거품을 물고 반론을 펼쳤다. 물론 그런 거 아무 의미 없다, 축제의 꽃이니 학창 시절의 기념비적 사건이니 요란하게 떠들어대봤자 결국 냄새나는 여드름쟁이와 파트너가 될 게 뻔하다, 그 손 잡고 무슨 춤을 추느냐며 시큰둥하게 반응하는 현실주의자들도 있었다. 지원은 어쩐지 자신이 춤을 추는 모습은 그려지지 않았다. 2학년이 되자마자 그 낭만적인 전통이 폐지될 것만 같다는 불길한 예감이 들곤 했다.

1학년 때 지원은 초가을 오후의 운동장에서 땀에 젖은 체육복을 입은 채로 축제의 하이라이트인 포크댄스를 지켜보았다. 간간이 이는 흙먼지 속에서 흰 셔츠에 검은 바지를 입은 남자 선배들과 흰 블라우스에 검은 스커트, 허리에 붉은 리본 띠를 맨 여자 선배들이 음악에 맞춰 춤을 추는 모습은 현실이 아닌 듯 아련했다. 그건 그해 지원이 본 가장 아름다운 장면이자 영화나 드라마가 아닌 현실에서 처음으로 목격한 청춘과 낭만의 얼굴이었다. 친구들은 자신이 주인공이 된 모습을 상상하며 내년에 출 포크댄스에 대한 기대에 푹 빠졌지만 지원은 운동장에 울려 퍼지는 음악을 들으며 사람들이 춤을 추는 모습을 보는 것만으로도 행복했다. 그저 그런 동네, 똥통 학교, 흙먼지 날리는 운동장과 평범해 보이던 선배들이 청춘의 아우라를 발산하며 사랑의 가능성을 품은 존재들이라는 걸 입증하는 장면만으로도 가슴이 벅찼다. 그러니까 포크댄스는 사랑이 선남선녀만의 것이 아니라 모두의 것이 될 수 있다는 일종의 선언과 같았다.

2학년이 되어 연습을 시작하게 됐을 때 지원은 가벼운 흥분 상태에 빠졌다. 슬픈 예감이 현실이 되지 않았다는 안도감과 자신이 그 아름다운 풍경을 완성하는 하나의 퍼즐이 될 수 있으리라는 기대감이 은근한 열의를 만들어냈다. 방과 후 운동장에 모여 파트너를 정하고 인사한 뒤 다 같이 공기 중에 퍼져나가는 음악을 들었을 때, 지원은 이 특별한 경험이 오랫동안 자신을 사로잡으리라는 것을 직감했다. 음악은 「떡갈나무에 노란 리본을 달아주오Tie a Yellow Ribbon Round the Ole Oak Tree」라는 귀에 익은 올드 팝이었다. 파트너는 여드름쟁이도, 땀 냄새 풀풀 풍기는 스포츠광이나 날라리도 아니었다. 어느 반에나 대여섯 명은 있을 것 같은 평범한 외모의 남학생이었다. 앞, 뒤, 옆으로 스텝을 밟고 손뼉을 치는 동안 지원은 남학생과 시선이 마주치는 게 부담스러워서 고개를 떨궜다. 운동화 앞코가 흙으로 부옇게 덮여가는 것이 보였다.

파트너랑 손잡고, 라는 체육 선생님의 말에 대부분의 아이들이 잡는 시늉만 하면서 춤을 익혔다. 1절은 파트너와 같이 추고 2절에서는 남자들이 앞으로 이동하면서 짝이 바뀌었다. 간주가 끝날 때까지 세 사람과 짧게 스텝을 맞추고 턴을 한 다음 후렴 부분에서 다시 원래 파트너와 만났다. 두 손을 마주 잡고 양쪽으로 엇갈리게 춤을 춘 뒤 제자리에서 인사를 하면 끝이었다.

처음과 두 번째 연습 때는 리듬과 스텝이 몸에 익지 않아 빌이 꼬이고 파트너가 교체되는 타이밍을 놓쳐 여기저기서 발을 밟는 등 실수가 이어졌다. 여자 한 명에 남자 두 명이 서서 우왕좌왕하는 구역도 있었다. 붙임성 좋은 애들은 그사이에 벌써 파트너와 통성명을 하고 농담을 주고받았다. 친구처럼 성을 뗀 채 이름만 부르는 애들도 많았다. 각 구역마다 분위기가 달랐다. 지원과 파트너는 연습 기간 내내 데면데면했다. 춤을 추기 전과 끝날 때, 마주 보며 인사할 때만 잠깐 눈을 마주쳤다. 다른 파트너들과도 말을 섞지 않고 조용히 연습했다.

방과 후 운동장에는 하나 둘 옆으로, 셋 넷 턴, 하는 선생님의 구령과 함께 '그대, 지금도 나를 원한다면 노란 리본을 달아주세요'라는 노래가 몇 번이나 울려 퍼졌다. 익숙한 멜로디에 경쾌한 리듬이었지만 묘한 서글픔이 배어 있었다. 친구들은 이 노래에 맞춰 춤을 추려면 허리에 붉은 리본이 아니라 노란 리본을 매야 하는 게 아니냐며 농담을 주고받았다.

― 우리가 단체로 고향의 떡갈나무가 되는 거지. 허리는 거의 나무통이니까 무리가 없다.

― 멋진 남자가 그 리본 보고 정류장에 내려서 막 학교로 올라오고 그러면 좋겠네.

다섯 번의 연습 기간 동안 옷차림은 반팔에서 긴팔로 바뀌었다. 지원은 이따금 운동화 앞코 대신 파트너의 곧게 뻗은 팔을 힐끔거렸다. 그 아이는 밋밋한 얼굴에 뿔테 안경을 썼고 표정의 변화도 거의 없었지만 쭉 뻗은 팔이 건강해 보였다.

연습을 마치고 교실에 들어오면 웃고 떠드는 소리 때문에 5층 전체가 들썩거렸다. 파트너가 마음에 안 드는 애, 마음에 드는 애, 그 줄의 다른 애에게 반한 애, 애도 쟤도 다 좋은 애……. 청춘의 한복판에 있는 아이들이 웃고 떠들 이유는 충분했다.

잠들기 전 지원은 서로 잘 모르는 사람들이 같은 음악을 들으며 같은 동작을 취하는 일에 대해, 처음 보는 사람과 손을 잡고 춤을 추는 일에 대해 생각했다. 개인적인 선택이 반영되지 않은 육체적 행위가 어떻게 마음에 스며들어 호감이라는 스위치를 누르게 되는지 오래 생각했다. 아는 거라곤 얼굴과 이름과 손이 놀랄 만큼 따뜻하다는 것뿐이고 나머지는 미지의 영역에 속해 있는데 파트너가 서서히 마음의 어떤 부분을 차지해갔다. 파트너에 대한 호감이 커질수록 연습하러 나가는 게 곤혹스러웠고 한편으론 축제가 끝날까 봐 두려웠다.

야간 자율학습 시간에 이어폰을 꽂은 채 영어 단어를 쓰던 지원은 문득 연습장의 새로운 페이지를 폈다. 그리고 샤프펜

슬을 나이만큼 눌러서 샤프심을 길게 뺐다. 그 샤프심으로 조심스럽게 하트를 그린 다음 그 안에 이름을 쓰고 천천히 하트를 메워나갔다. 긴 샤프심이 다 닳아 없어질 때까지.

중학생 때 유행하다가 사라져버린 '상대가 나를 좋아하는지 알아보는 법'이었다. 어디에서 시작되어 그 지역 일대의 학교에 퍼졌는지 모르지만 그즈음 첫사랑에 빠진 애들은 마음속의 누군가를 생각하며 샤프심으로 아슬아슬하게 하트를 그리고 이름을 쓴 뒤 그 안을 칠했다. 수업 시간, 점심시간 가리지 않고 칠하다가 샤프심이 부러지면 세상이 무너진 것처럼 좌절하며 책상에 엎드려버렸다. 어느 샤프와 샤프심으로 하면 잘된다는 소문이 돌았고 그걸 사서 쓰는 애들이 하나둘 늘어났다. 샤프심을 낭비해가며 무모하게 하트를 채워가던 어느 날, 지원은 드디어 까맣게 칠해진 하트를 완성하게 되었다. 그 안에는 옆 분단에 앉아 있는 남자애의 이름이 쓰여 있었고 그 사실을 아는 사람은 지원과 단짝 친구뿐이었다. 그날은 그 남자애가 옆 반의 여자애에게 제 마음을 고백한 날이기도 했다. 공들인 하트와 상관없이 상대의 마음이 다른 데 가 있다는 걸 깨닫게 된 뒤 지원은 다시는 하트를 그리지 않았다. 잡지 뒤에 실리는 별자리 애정운이나 그의 마음을 사로잡는 법 같은 기사들도 불신하게 되었다. 그런데 몇 년 만에 갑자기 그 미신에 기대고 싶어진 것이다. 아무 효과도, 상관도 없다는 걸 잘 알면서도 그거라도 하지 않으면 견딜 수 없을 것 같았다.

그때보다 손의 힘이 더 세진 건지, 상대가 지원에게 관심이 더 없는 건지 샤프심은 오래 버티지 못하고 부러졌다. 그래도 지원은 포크댄스 파트너가 생각날 때면 샤프펜슬의 꼭지를 나이만큼 눌렀다. 할 수 있는 게 그것뿐이었고 그마저도 하지 않으면 마음을 다스릴 방법이 없었다.

축제 때 다른 순서는 잘 기억나지 않는다. 포크댄스를 추던 순간도 정신없이 지나갔다. 춤이 끝나고 파트너와 인사를 한 뒤 각 반의 자리로 돌아가기 전에 아이들은 주머니에 넣어두었던 편지나 쪽지를 파트너에게 건넸다. 그 안에는 고백의 내용이나 연락처, 그동안 즐거웠다는 인사가 적혀 있었다. 과감하게 선물을 주거나 끌어안는 애들도 있었다.

지원도 카드를 준비해서 스커트와 리본 사이에 넣어두었다. 구겨지거나 빠지지 않게 테이프와 핀으로 잘 고정시켰다. 체온으로 데워지고 허리의 굴곡에 따라 살짝 구부러진 카드는 리본에 잘 붙어 있었지만 마지막으로 인사를 주고받을 때 지원은 아무것도 준비하지 않고 어떤 마음도 품지 않았던 것처럼 천천히 돌아섰다. 엇비슷한 문장을 쓰고 지우던 새벽의 시간이 내부에서 고개를 저었지만 걸음을 멈추게 하거나 방향을 바꾸진 못했다. 고백의 내용을 적어 리본에 끼우던 자신도, 그걸 전하지 않고 돌아서서 걷던 순간의 자신도 모두 다른 사람 같았다.

그날 밤 지원은 미열에 휩싸인 채 잠들지 못했다. 아픈 건 아니었지만 멀쩡하지도 않았다. 후회스럽고 허전했지만 더 후회할 일을 하지 않아 다행이라는 생각도 들었고 아무것도 하지 못하고 돌아섰다는 자책이 들면 또다시 머리와 가슴이 뻐근했다.

고등학교를 졸업할 때까지 지원은 의문에 싸인 채로 포크댄스 파트너를 짝사랑했다. 이따금 매점이나 운동장에서 그 아이와 마주쳤지만 오래 쳐다보지도, 웃거나 아는 척을 하지도 않은 채 지나쳤다. 그 마주침 뒤에 일상이 미묘하게 출렁이는 걸 느꼈다. 수업에 집중할 수 없었고 거짓말처럼 오래전에 잡았던 손이 뜨거워졌다. 같이 춤을 춘다는 건 뭘까. 남녀가 함께하는 춤이란 일상과 사랑 사이 어디쯤에 있는 수수께끼이자 마법의 한 종류 같았다.

기억 속에서 포크댄스를 끄집어낸 뒤 지원은 춤과 관련된 동호회를 찾아봤다. 젊은 남녀가 짝을 지어 춤을 춘다는 것에 호기심도 일었고 장르에 맞는 동작을 배워서 제대로 춰보고 싶다는 마음도 생겼다. 스윙댄스 동호회가 꽤 많아서 관련 동영상을 찾아보았다.

점심시간에 춤 어떨까? 요즘 스윙댄스가 유행이던데, 하고 운을 띄웠다. 동료의 얼굴에 웃음이 번져나갔다.

- 신기하다. 나도 그거 생각했거든. 신나게 움직이다 보면 스트레스도 풀리고 다양한 사람들도 만날 수 있을 것 같고.

- 하다가 힘들면 그만둬도 되니까.

두 사람은 회사 근처의 스윙댄스 동호회를 알아본 뒤 인터넷 카페에 가입했다. 고민 끝에 닉네임 칸에 지원은 랄라, 동료는 엘자, 라고 적었다. 아, 엘자, 예전에 이 가수 노래 좋아했어, 라고 하자 동료는 은자보다 엘자가 낫지, 하며 웃었다. 홀수 달에만 새로운 기수를 모집한다는데 운이 좋아 한 주 정도 기다린 뒤 합류할 수 있었다. 가기 전날에는 괜한 짓을 벌인 게 아닌가, 가지 말까 싶었다. 혼자였다면 적당한 핑계를 만들어 미루거나 취소했겠지만 엘자와 함께라 용기를 냈다.

토요일 오후에 두 사람은 동호회 모임에 나갔다. 지하 연습실로 내려가니 서른 명 남짓한 남녀가 서먹함과 기대감이 두루 섞인 분위기 속에 서 있었다. 그 모습을 보니 어쩐지 오래전 포크댄스의 멤버들이 다시 모인 것 같았다. 나이나 사는 곳은 다르지만 운동장에서 포크댄스를 추던 학생들이 어른이 되어 사회생활을 하다가 사랑의 쓴맛도 보고 이성에 대한 환상도 적당히 걷어낸 다음 탈부착이 가능한 자신감과 수줍음, 격식을 걸친 뒤 나타난 것 같았다. 티 나지 않게 서로를 힐끗거리는 모습 사이로 다양한 설렘이 느껴졌다.

첫날이라 선배 기수들의 공연을 본 뒤 스윙재즈 음악을 들으며 감을 익혔다. 음악에 맞춰 플로어 안을 걸어 다니며 손뼉을 쳐보고 리듬도 탔다. 사람들이 '지르박'이라고 부르는 지터벅의 스텝도 배웠다. 강사가 손잡는 법, 매너를 지키면서 같이 리듬을 타고 동작을 맞추는 법을 선보였다. 눈으로 보고 머리로 이해하는 것과 직접 손발을 움직이는 건 달랐다.

지원은 낯선 사람들과 춤을 춘다는 게 어색하고 쑥스러웠다. 다양한 사람들과 만나 이야기하는 건 좋았지만 춤은 자신이 없었다. 카페 메인 페이지에 적힌 문구가 그런 지원을 툭툭 건드렸다. '즐겁지 않으면 스윙이 아니다.' 그 말은 춤과 상관없이 마음에 들었다. 인생 뭐 있어, 한번 사는 거 좀 즐거우면 어때, 하는 것 같았다.

　동기 중에는 남자가 과반, 여자가 몇 사람 더 적었다. 강습을 마친 뒤 간단하게 점심을 먹으며 왜 동호회에 가입하게 됐는지, 무슨 일을 하는지에 대해 이야기를 나눴다. 코비라는 닉네임을 쓰는 남자가 대화를 주도했다. 말투가 유머러스하고 잘 웃어서 다들 자연스럽게 그쪽을 쳐다보며 얘기를 이어갔다. 사는 곳도, 하는 일도 다른 사람들이 춤이 좋거나 배우고 싶어서 토요일 오후에 모였다는 사실이 흥미로웠다. 식사 뒤에는 오후 모임인 제너럴이 이어졌다.

　- 편하게 즐겨요. 보기만 해도 신나니까.

　기수나 강습과 상관없이 자유롭게 춤을 추는 파티라고 생각하면 된다며 앞 기수 선배가 참석을 유도했다. 궁금한데 구경이나 하자며 엘자가 지원의 손을 잡아끌었다. 엘자는 적극적이었다. 같이 점심을 먹으며 수다를 떨 때의 그녀와 춤을 출 때의 엘자는 다른 사람 같았다. 지원은 피곤했지만 호기심의 손을 들어줬다.

　어둑한 실내에 은은한 조명이 켜지고 음악이 차올랐다. 앞 기수 선배가 코믹 댄스를 선보여서 다들 큰 소리로 웃었다. 사람들이 음악에 맞춰 파트너와 함께 흥겹게 춤을 주었다. 손을 잡고 턴할 때마다 여자들의 플레어스커트가 예쁘게 부풀며 옆으로 퍼졌다. 그들은 얼굴뿐 아니라 온몸으로 웃었다.

음악과 동작이 고전적이어서 그런지 한 발짝 떨어져서 바라보면 풍경은 1950년대 미국 흑백영화의 장면들과 겹쳤다. 쿵쿵거리는 음악과 경쾌한 동작이 탄산음료처럼 시원하게 터졌다. 그런 분위기 속에서 손을 맞잡고 춤을 추는 21세기의 청춘 남녀들은 무슨 생각을 하는지 알 수 없었지만 이 만남은 맞선의 세계와 달리 낭만적으로 보였다.

지원에게 맞선은 입사지원의 세계와 비슷했다. 양쪽 다 경험이 많지는 않았지만 조건을 살펴본 뒤 서류심사가 통과되면 2차 면접을 보러 간다는 점이 유사했다. 면접 내내 자기소개서에 적어낸 인물을 연기해야 한다는 것도, 이런 기회가 자주 오지 않으며 성실히 임해야 한다는 것도 닮았다. 소개해준 사람이나 부모의 얼굴에 먹칠하는 행동은 금물이었다. 그러기 위해서는 자신이 진짜 그런 인물이라고 믿어야 했다. 그러나 시간이 지날수록 몰입도는 떨어졌고 그런 사람이나 상태로 살 수 없을 거라는 예감, 빨리 현실과 자기 자신으로 돌아가고 싶다는 바람만 강해졌다. 착하고 예의 바르고 여성스럽고 부지런한 예비 아내 역할을 하는 것도, 예비 애인이자 남편 역할을 맡은 남자가 펼치는 연기를 보는 것도 불편했다. 대부분의 면접은 합격으로 이어지지 않았다.

아주 드물게 면접을 통과하는 경우도 있었지만 그때도 기쁘기보단 의아했다. 연기를 잘한 것 같지도 않은데 뭐가 마음에 든 거지. 이 애프터 때문에 결혼을 전제로 한 연애가 시작될까 봐 지원은 최대한 예의를 지키며 뒤로 물러섰다. 남자들은 눈치가 빨랐다. 대부분은 아쉬워하지도 않았다. 새로운 지원자가 대기 중이라는 걸 내비치며 선뜻 관계에서 퇴장했다.

지원은 바에 앉아 맥주를 마시며 엘자가 리듬에 맞춰 발을 까딱거리는 걸 보았다. 회사에서 엘자는 차분하고 일 잘하는 김 대리로 알려져 있었다. 가끔 지원에게 농담을 던지기도 했지만 대부분은 모니터 앞에 가만히 앉아 조용히 일하다가 시간이 되면 꾸벅 인사를 한 뒤 퇴근했다. 벽이나 의자 등받이처럼 무채색에 가깝고 움직임도 적었다. 그런데 지금 지원의 옆에서 엘자는 어두운 바닷속의 야광 해파리처럼 은은하게 빛나고 있었다. 물결을 따라 부드럽게 흔들렸고 춤추는 남녀의 모습을 열심히 좇았다. 누군가 자신을 플로어로 데려가길 바라는 10대 소녀 같았다.

제너럴을 보며 지원의 마음은 두 개의 층으로 분리됐다. 그녀나 엘자가 이런 동호회의 존재를 모르던 때부터 사람들은 토요일에 모여 춤을 추고 일주일의 하루쯤은 온몸으로 웃었겠구나, 질투가 났다. 다른 한편으로는 페스티벌까지 강습이 여섯 번이라는데 다 채우고 이 자리에 서서 춤을 출 수 있을까, 걱정이 됐다. 그녀는 지원을 벗어던지고 랄라가 되는 게 쉽지 않았다.

2주 차, 3주 차가 되면서 엘자는 강습 시간에 두각을 나타냈다. 춤의 동작이나 리듬을 완벽하게 숙지해서 표현했고 표정과 몸놀림이 밝고 가벼웠다. 남자들이 그녀와 파트너가 되고 싶어 주위를 맴돌았다. 웃음이 늘었고 매일 반복하던 일하기 싫다, 그만둬야겠다, 는 말도 쑥 들어갔다. 화이트닝 제품을 꾸준히 바르며 관리하는 사람처럼 안색이 환해졌다. 점심을 먹으러 갈 때나 사무실에 들어올 때도 슬쩍슬쩍 스텝을 밟는 게 눈에 띄었다. 물론 지원과 엘자가 동호회에 가입한 건 둘만의 비밀이었다.

- 요즘 좋아 보여.

탕비실에서 만났을 때 지원은 장난스럽게 홀딩 신청을 했고 엘자는 손을 맞잡더니 턴을 했다. 요즘 자신이 영화 「쉘 위 댄스Shall We Dance?」의 주인공이 된 기분이라고 했다.

― 댄스 동호회에 들길 잘한 것 같아. 남자나 만나볼까 싶어서 갔는데 춤추는 거 자체가 너무 즐거워. 이번에도 연애는 물 건너갔나 봐. 남자들이 동료로만 보이네. 잘 맞는 파트너랑 춤추고 나면 너무 신나는 거 있지.

동호회에 임하는 자세나 느끼는 감정은 달랐지만 남자들이 이성으로 보이지 않는다는 말에는 지원도 공감했다. 같은 기수의 남자들은 인상이 선하고 매너도 좋았지만 연애 감정을 불러일으키지는 않았다.

즐기고자 하는 마음과 달리 지원은 몸이 뻣뻣하고 수줍음이 많아 동작을 따라 하는 것만으로도 벅찼다. 강습 시간에는 두 사람이 가까워지면서 바닥을 찍어주는 포인트와 멀어질 때 발로 차는 듯한 킥이 흥겨워 보였지만 막상 연습할 때는 리듬을 못 타서 몸을 휙 돌렸다가 돌아오기에 급급했다. 닉네임만 랄라일 뿐 지원으로 갔다가 지원인 채로 집에 돌아가는 날이 많았다. 스윙댄스의 동작을 몸으로 표현하고 자유롭게 즐기는 것보다 정의나 유래에 대해 밑줄 그으며 암기하고 순서를 적는 쪽이 더 편했다. 춤도 못 추면서 기억 속 어떤 장면 때문에 즉흥적으로 댄스 동호회에 가입하다니 무모했다는 생각이 들었다.

포크댄스 시절처럼 손을 잡고 춤을 추는 남자들에게 번번이 끌릴까 봐 걱정했는데 그런 일도 일어나지 않았다. 몇 번의 연애를 거쳐 서른두 살쯤 되고 보니 열여덟 살 때와는 달리 스킨십 자체가 감정을 만들어내진 않았다.

처음에 진은 눈에 띄지 않았다. 신나게 춤을 익히고 음악과 분위기를 즐기는 사람들 속에서 드러나지 않는 쪽이었다. 그보다는 같이 다니는 코비가 여러모로 튀었다. 사람들은 진을 코비의 친구 정도로 인식했다.

진과 라라는 네 번째 수업 때 같이 춤을 추었다. 누가 적극적으로 홀딩을 신청했다기보단 남는 사람끼리 동병상련의 심정으로 파트너가 되었다. 하필이면 찰스턴이라는 새로운 스텝을 배운 날, 춤 못 추는 두 사람이 만나 우왕좌왕하며 쩔쩔맸다. 잡은 손이 축축해졌다.

그사이 강습에 꾸준하게 참석하는 사람은 열다섯 명 정도로 줄었다. 고정 멤버들은 연습과 제너럴에도 열심히 참석하고 뒤풀이에도 빠지지 않았다. 어느 곳이나 이끌어주는 사람이 있으면 뭉치기 쉬운데 코비가 그 역할을 해주었다. 제너럴이 끝나고 난 뒤 같은 기수끼리 맥주도 마시고 한 달 사이에

번개 모임을 두 번이나 했다.

  모임의 1부는 서로의 춤에 대한 감탄이나 춤을 못 추는 자신에 대한 자아비판으로 진행되었고 2부는 서로에 대해 묻고 대답하는 진실 게임의 성격을 띠었다. 사람들은 그 또는 그녀가 누구인지, 어떻게 이번 기수에서 만나 같이 춤을 추고 술을 마시게 된 건지 인연의 실마리에 관심이 많았다.

  애인이 있는 사람은 세 명뿐이었는데 대부분 연애 기간이 길었다. 한 사람은 같이하고 싶었는데 상대가 관심이 없어서, 다른 한 사람은 애인 몰래, 결혼을 앞두었다는 사람은 일주일에 하루는 각자 취미생활을 즐기기로 해서 애인은 그림을 배우고 자신은 스윙댄스를 배우게 되었다고 했다.

  닉네임이나 춤추는 모습만 보고는 그가 어떤 사람인지, 하는 일이나 성격에 대해 짐작하기 어려웠다. 자신의 영어 이름을 닉네임으로 쓰는 사람, 좋아하는 배우나 운동선수의 이름을 딴 사람, 지원처럼 즉흥적으로 지은 사람이 있고 직업도 게임 회사 디자이너와 대형 서점 MD, 건축 회사 설계사와 공무원 등으로 다양했다. 돌아가며 무슨 일을 하는지 밝힐 때마다 의외라느니, 잘 어울린다니, 재미있는 일 같다는 반응이 쏟아졌다.

기수별 강습이 끝난 뒤 발표회 형식으로 진행되는 페스티벌이 가까워졌다. 누구와 파트너가 되고 싶은지, 3지망까지 적어내라는 문자메시지가 도착했다. 꼭 그대로 되지 않더라도 의견을 최대한 반영해서 배정하겠다고 했다.

춤출 때 편한 사람으로 써주세요. 다시 한번 말하지만 사귀고 싶은 사람을 고르는 게 아닙니다.

서로에게 온 메시지를 보여주며 지원과 엘자는 소리 없이 웃었다. 사무실에서 일하다가 댄스 동호회와 관련된 연락을 받으면 박하사탕을 꺼내 문 것처럼 잠시 상쾌해졌다.

누구는 순수하게 춤이 좋아서, 누구는 제너럴의 자유로운 분위기를 즐기려고, 어떤 사람은 누군가에게 끌려서, 혹은 사람들과 어울려 술 마시는 분위기가 좋아서 토요일 오후에 스윙댄스 연습실로 향했다. 지원도 강습에 열심히 임했고 제너럴이나 기수 모임에도 빠지지 않았다. 여전히 뻣뻣하고 어설펐지만 스윙화로 갈아 신는 순간이 점점 설렜다.

처음에는 어색하고 서먹하게 인사를 나눈 뒤 말을 튼 한두 사람과 간단하게 대화를 나눴다면 점점 더 많은 사람들과 사소한 것들에 대해 묻고 대답했다. 수다를 떨고 장난을 치느라 강습 시간은 매번 조금씩 늦춰졌다. 토요일의 사람들은 자신의 월요일부터 금요일까지에 대해, 이전의 토요일을 어떻게 보내며 살았는지에 대해 이야기했다. 다른 취미나 춤추지 않았던 다른 토요일에 대해, 그러니까 여기 오기 전의 자신에 대해 말하고 싶어 했다. 불과 네다섯 번의 토요일을 같이 보낸 사람들과 이토록 친밀해질 수 있다는 게 불가사의했다.

동호회 안에는 띠별 모임, 지역 모임도 있어서 대부분은 좀 더 다양한 공통분모를 찾아갔다. 공통의 관심사가 있는 상태에서 같이 보내는 시간이 많아지다 보니 여기저기서 연애의 조짐 비슷한 기운이 피어올랐다. 당연히 춤 잘 추는 사람이 멋있고 예뻐 보였지만 시간이 지날수록 다양한 매력들이 드러났다.

- 저 둘은 조심하는 게 좋겠어.

네 번째 제너럴 때 엘자가 턱짓으로 보타이를 한 남자와 머리를 자주 쓸어 넘기는 남자를 가리켰다.

- 저게 바로 선수의 몸짓인가.

지원의 눈이 가늘어졌다.

미혼 남녀가 모이는 곳이다 보니 사귀다 헤어지는 커플이 있고 그 과정에서 문제가 생기기도 했다. 나이 많은 터줏대감들 중에는 신입 기수만 노려서 춤을 가르쳐주겠다, 집이 근처니 데려다주겠다, 치근대는 이들이 있었다. 그런 연애는 오래 가지 못했고 연애 끝에 동호회를 떠나는 건 대체로 여자들이었다. 남자들은 눈총을 받으면서도 오래 머물렀다. 누군가가 떠나고 나면 나쁜 소문이 돌거나 비밀이 드러났다. 이 동호회에서 사고를 친 다음 저 동호회에 가서 비슷한 문제를 또 일으키는 상습범도 있다고 했다. 그런 얘기를 들으면서 지원은 엘자와 같이 욕하고 경계했다. 한편으로는 로맨스의 기운이 도처에서 넘실대는 분위기가 신기했다.

- K는 애인이 있는데 Y와 몰래 만나는 모양이야.
- 아름답다, 아름다워.

엘자와 지원이 다니는 아동복 회사에서도 가끔 이해하기 어려운 스캔들이 발밑으로 흘러갔다. 연애담은 항상 모두의 흥미를 끌었다.

지원이 스윙댄스 동호회에 가입했다는 걸 알고 이나와 승아는 손뼉을 치며 환호했다.

- 이지원, 아주 작정을 했구나. 잘했어. 30대에는 애를 써야 연애할 수 있다.

지원이 별다른 소식을 전하지 않으면 두 사람은 집요하게 업데이트를 요구했다.

- 도대체 뭐 하는 거야. 거기 괜찮은 남자 없어? 다른 기수에도 남자들 있을 거 아냐. 정말 춤만 추다 오는 거야? 설마 춤 실력 향상에 힘쓰는 거야?

- 왜 아직도 연애 중이라는 얘기가 안 들려와. 뭐라고? 말 같은 소리를 해. 괜찮은 놈은 눈 밝은 애들이 벌써 채갔겠지. 다 끝났네, 다 끝났어. 이번에도 개털이야.

지원을 닦달하던 2인조는 별다른 일이 없다는 소식을 전할 때마다 낙심했다.

지원도 그렇지만 엘자야말로 가입 의도 같은 건 완전히 잊어버린 듯 춤에만 매진했다. 그녀는 연애의 기운을 풍기는 커플을 보면 팔짱을 낀 채 고개를 저었다. 춤에만 집중할 수 있게 동호회 내 연애는 금지시켰으면 좋겠다고 했다.

- 관심 있는 건 연애질뿐이라니……. 아름다운 춤 앞에서 뭐야, 경망스럽게.

그럴 때면 이보게, 자매, 우리의 가입 목적은 완전히 잊은 건가, 묻고 싶었다. 실제로 엘자는 호감을 품고 다가오는 남자들의 고백을 거절하고 어떤 여지도 주지 않은 채 춤에만 빠져들었다. 스윙댄스에 관한 책을 사서 읽고 인터넷에서 동영상을 찾아보며 다양한 동작을 익혔다.

페스티벌을 2주 앞두고 그동안 배웠던 동작을 응용해 안무를 짜느라 분주했다. 파트너는 대체로 춤 실력이 비슷한 사람끼리, 키 차이를 고려해서 정해졌다. 크게 놀라거나 의외라고 여길 만한 조합은 없었다. 진심은 어떤지 몰라도 다들 불만 없이 받아들였다.

지원은 코비와 짝이 되었다. 코비는 그녀의 2지망이었다. 춤 실력이 늘었으면 하는 마음에 1지망은 리드를 잘하는 사람으로 적었고 3지망은 고민하다가 비워두었다. 코비라는 닉네임은 코비 브라이언트에서 따온 거라고 했다. 활동적이다 싶더니 운동을 좋아하고 농구광이라고 했다. 운동과 춤은 완전히 달라서 춤출 때 코비는 몸이 뻣뻣하고 동작이 커서 폼이 나지 않았다. 파트너가 된 뒤 두 사람은 막대기 커플로 통했다. 연습할 때도 웃느라 스텝이 자주 꼬이고 툭하면 순서를 놓쳤다. 그래도 성격 좋고 유머러스한 코비 덕분에 지원은 잘하겠다는 부담을 덜어내고 즐겁게 연습할 수 있었다.

지원의 회사와 코비가 일하는 케이블 방송사는 가까웠다. 지하철역 한 정거장 거리라 같이 점심을 먹자는 얘기를 몇 번 했지만 실천에 옮기지는 못했다.

파트너, 수요일에 만나서 몸보신 좀 하세.

못난 파트너 만나 고생이 많다며 코비가 회사 근처에서 저녁을 사겠다고 했다. 지원은 두 살 많은 코비를 이미 동아리 선배나 친척 오빠 비슷하게 여기기 시작한 상태라 떨리거나 흑심을 품은 게 아닌가 의심하지 않았다. 연애에 관한 촉이 뛰어난 건 아니지만 누가 자기를 좋아하는지 아닌지 정도는 구별할 수 있었다. 그래도 혼자 나가는 게 쑥스러워 엘자를 불렀다.

고기가 땡깁니다. 엘자도 데리고 나갈 테니 지갑 좀 여세요.

라고 답을 보내자

이런, 지갑 하나 갖고는 안 되겠네. 지갑을 하나 더 부르겠소.

라는 메시지가 도착했다.

퇴근길에 지원과 엘자, 코비와 진은 방송사 앞에서 만나 근처 고깃집으로 향했다. 코비가 이 집은 연탄불에 구워 먹는 생고기가 맛있다며 추천했다. 고기를 굽는 동안에는 약간 서먹했지만 본격적으로 먹기 시작하면서 네 사람은 눈치와 체면을 슬그머니 내려놓았다. 서로가 서로의 먹성에 놀랐고 맛있는 곳이라며 각자의 맛집 리스트에 올렸다.

식사를 마친 네 사람은 입가심을 하기 위해 근처 맥줏집으로 자리를 옮겼다. 코비는 케이블 방송사의 기자라 그 지역의 문화, 교육, 행정 소식을 취재해서 전했고 진은 구청의 9급 공무원인데 건축과에서 근무한다고 했다. 대학 동기라는 두 사람은 겉보기에 외모나 옷 입는 취향, 풍기는 분위기가 완전히 다르고 별다른 접점이 없어 보였다. 그런데 얘기할 때면 오래 호흡을 맞춰온 개그 콤비처럼 죽이 잘 맞았다. 상대가 재미없는 이야기를 하거나 실없는 소리를 하면 슬그머니 테이블에 놓인 젓가락이나 집게, 가위 같은 것을 들어 어깨를 건드렸다. 그러면 어깨를 맞은 사람은 큰 가르침을 얻었다는 듯 바로 입을 다물고 합장했다. 그 모습에 지원과 엘자는 큰 소리로 웃었고 곧 서로의 어깨를 치고 합장을 하느라 바빠졌다. 누군가 안주를 많이 먹거나 목소리가 갈라지기만 해도 세 사람의 손이 어깨에 닿았다.

 진은 자발적으로 춤을 추는 건 태어나서 처음이라고 했다. 잘 추지도 못하고 좋아하지도 않아서 춤과는 무관하게 살아왔다. 댄스 동호회에 와보니 분위기도 새롭고 흥겹긴 하지만 페스티벌이 끝나면 강습을 더 듣거나 제너럴에 참여하지는 않을 거라고 했다.

 - 혼자 막춤 추는 것도 어려운데 같이 호흡을 맞추려니 더 어려워요.

그는 주먹 쥔 두 손을 앙증맞게 흔들었다. 엘자가 어깨를 내리쳤다.

춤에 전혀 관심이 없던 진이 스윙댄스 동호회에 들어온 건 순전히 코비 때문이었다. 반년 전에 코비는 결혼을 약속하고 예식장까지 알아보던 애인과 헤어졌다. 그 뒤로 실어증 비슷한 증상을 보이며 집 안에 처박혀 지냈다. 코비와 알고 지낸 14년 동안 그런 모습을 한 번도 본 적이 없던 진은 겁이 났고 그가 예전처럼 시시껄렁하고 말 많고 잘 웃는 코비로 돌아오기만 한다면 뭐든지 하리라 마음먹었다.

지원과 엘자는 코비에게 시선을 돌렸다. 늘 밝고 웃음이 많아서 그런 시간을 지나왔는지 몰랐다. 맥주잔을 내려놓은 코비가 바통을 이어받았다. 이별 얘기는 모두를 집중시켰다.

처음 한 달 동안 코비는 이별이 실감 나지 않았다. 7년 동안 함께했던 사람이 갑자기 사라질 수도 있다는 게 이상할 뿐이었다. 데이트를 하고 가구를 보러 다니고 친지들에게 인사를 드리면서 분주하게 소화하던 일정이 일시에 정지되었다. 번잡하고 버겁던 스케줄이 취소된 거라고 생각하자 파혼이나 이별이 대수롭지 않았다. 사는 게 좀 헐거워진 기분이었다. 헤어지지 않았다면 식을 올리고 신혼여행을 다녀와서 신혼

집에 들어가 있을 시기였다.

한 달이 지난 시점부터 시간이 흘러가지 않았다. 과거가 뒤로 밀려나고 흐려지는 게 아니라 지나갔다고 생각했던 촉감, 냄새, 목소리가 바람에 실려와 눈과 코와 귀와 입, 머리에 들러붙었다. 어디를 가도 애인과 같이 갔던 술집, 밥집, 극장, 카페가 눈에 띄었고 같이 먹었던 음식, 듣던 음악, 했던 일들이 떠올랐다. 과거의 추억이 파도처럼 떠밀려와 자꾸 현재를 덮어버렸다. 애인과 공유했던 걸 빼고 나니 삶에서 제대로 된 형태로 남는 것이 거의 없었다. 함께했던 7년은 20대와 30대에 걸친 시간, 두 사람에게는 청춘의 날들이었다. 그가 잃은 건 사람만이 아니라 한 시절과 거기 깃든 감정이었다는 걸 뒤늦게 깨달았다.

이렇게 되고 말 거였다면 일찌감치 헤어지는 편이 나았을 거라는 자책과 같이 있을 때 좀 더 잘해줄걸, 여기도 가고 저기도 가고 좋은 시간 많이 보낼걸, 하는 후회가 번갈아 찾아왔다. 그 속에서 분열증 환자처럼 쪼개졌다.

코비는 출근과 업무 미팅 외에는 밖에 나가지도, 누굴 만나지도 않은 채 방에 처박혀 지냈다. 그러다가 주말마다 찾아오는 진의 성화에 못 이겨 조금씩 밖으로 나가기 시작했다. 산에 올라갔고 농구를 했고 자전거를 타고 먼 데까지 다녀왔다. 진은 대부분의 휴일을 코비와 함께 보냈다. 농구 끝나고 밥 먹고 당구 치고, 산에 갔다 와서 밥 먹고 사우나 가고……. 그런데도 코비는 예전 모습으로 돌아오지 않았다. 뭐든 하고 싶은 걸 찾아보라고, 재미있고 신나게 살라고, 법에 저촉되는 것만 아니면 같이해준다고 옆에서 바람을 넣어도 시큰둥했다.

— 이것도 저것도 다 싫다던 놈이 어디서 스윙댄스 동호회의 페스티벌 영상을 보고 와서 이거 해볼까, 그러는 거예요. 너 해라, 나는 못 하겠다, 그랬더니 혼자서는 절대 안 하겠다고 고집을 부려서……. 어쩔 수 없이 따라왔어요.

진이 고개를 뒤로 젖히며 하아, 한숨을 쉬자 코비가 장난스럽게 말했다.

— 덕분에 재미있고 좋잖아. 엘자랑 랄라도 만나고. 해보니까 나는 춤이 적성에 맞아.

세 사람이 동시에 코비의 어깨를 후려쳤다.

댄스 동호회에 나오면서 코비는 대학생 때로 돌아간 것 같은 기분이 들었다. 사람을 만나는 재미, 같이 웃고 장난치는 데서 오는 기쁨을 느낄 수 있게 되었다는 게 제일 큰 수확이었다. 세상에는 애인 없는 사람도, 더 가슴 아프게 헤어진 사람도, 제대로 된 사랑 경험이 없어서 헛살았다고 느끼는 사람도 많았다. 그 다양함에서 위로를 받았고 지나간 사람, 추억의 장면에 빠져 허우적대지 않고 흘려보낼 수 있는 힘을 얻었다.

코비가 가슴 아픈 가입 동기를 털어놓는 바람에 화제는 갑자기 혹독한 사랑의 실패담으로 넘어갔다. 엘자의 이별과 진을 떠나간 애인과 지원의 마지막 연애 얘기가 이어졌다. 실연에 대한 경험담은 모두의 마음을 두드렸고 공감대를 형성했다. 네 사람은 서로의 어깨를 건드리지 않고 가만히 고개를 끄덕거렸다. 다 지나간 일이고, 이제 새로운 사람을 만날 일만 남았다고 서로에게 얘기해주었다. 더 멋진 사랑을 위해. 사랑이 넘치는 30대를 위해. 코비가 건배 제의를 했다. 남은 술을 마신 뒤 넷 다 비틀거리며 일어섰다. 다음 날 출근만 아니라면 더 많은 얘기를 나눈 뒤 새벽이 깊도록 쏘다니고 싶었다.

그날의 만남 뒤로 페스티벌 때까지 네 사람은 회사 근처에서 두 번 더 만났다. 평일에도 막바지 연습이 한창이었기 때문에 매일 얼굴을 보는 셈이었다. 엘자와 회사 근처에서 간단하게 저녁을 먹은 뒤 연습실로 향할 때 지원은 가벼운 설렘에 휩싸였다.

페스티벌 무대에서는 춤 실력에 따라 잘 추는 커플이 앞쪽

중앙, 춤 실력이 부족할수록 뒤쪽으로 배치되었다. 엘자와 파트너가 앞줄 중앙, 지원과 코비가 뒷줄 중앙, 그 옆이 진과 파트너였다. 지원의 목표는 실수하지 않는 것, 몸의 움직임을 최대한 즐겨보는 것이었다.

음악에 맞춰 춤을 추면서 지원은 사람들의 뒷모습, 그중에서도 남자들의 뒷모습을 눈여겨보았다. A는 키가 크고 B는 착하고 C는 돈을 잘 벌고 D는 말도 섞기 싫고 E는 눈빛이 음흉했다. 그들은 저마다의 장점과 단점을 드러내며 연습에 임했다. 무엇이 저 사람을 저 사람으로 만드는가. 자신이 보는 것은 저 사람의 몇 퍼센트에 해당할까. 그들은 실체이면서 총체인 채로 춤을 추지만 지원에게는 아직 실루엣이나 평면, 어떤 이미지에 불과했다. 무엇이 사람을 사람으로 만드는지, 호감과 무감, 경계와 불호로 가르는지 알 것 같으면서도 어느 순간에는 모호했다. 누군가에게 호감이 생긴다 싶으면 그에 대해 얼마나 안다고 그러느냐는 자문이 생겼고 좀 더 알게 되면 그 앎이 초반에 생긴 호감을 지워나갔다. 어떤 앎은 무감을 호감으로 바꾸기도 하지만 애당초 무감한 사람을 알기 위해 시간을 투자하는 일은 없었다.

몇 번의 연애를 거쳐 30대가 된 뒤 지원은 누군가를 만날 때 첫인상, 호감, 조건보다는 기본적인 교양과 예의를 갖췄는지, 얘기가 잘 통하는 사람인지에 더 중점을 두었다.

졸업 후 첫 회사에서 얼굴만 번지르르한 바람둥이 선배에게 빠진 적이 있었다. 사무실에서 처음 보고 인사를 나눌 때부터 속수무책으로 빠져들었고 그 감정을 감출 겨를이나 여력도 없었다. 선배는 호감을 들킨 신입사원에게 은혜를 베풀듯 다가왔고 지원은 뭔가 판단할 틈도 없이 그와 만나기 시작했다. 그는 자신의 얼굴, 몸, 목소리, 유머감각에 자신감이 넘쳐서 마음만 먹으면 언제든 새로운 여자를 만날 수 있다고 생각했고 그런 얘기를 농담처럼 던졌다.

평일에 한 번, 주말에 한 번씩 만났는데 점점 주말에는 연락이 닿지 않았다. 그와 만나는 반년 동안 지원은 질투심과 패배감으로 납작하게 구겨졌다. 나중에 그가 주중에는 지원을 만나고 주말에 다른 여자를 만난다는 걸 알게 됐을 때도 바람을 피운다는 사실에 화가 나기보다 자신이 주말의 여자가 아니라는 점에 절망했다. 월, 수의 여자가 따로 있고 지원은 화, 목의 여자일 뿐이며 주말에는 새로운 여자에게 공들이고 있다는 게 확실해진 뒤에야 정신이 번쩍 났다. 이건 사랑도 뭣도 아니구나. 그래서 이별이 아니라 그 관계에서 조용히 퇴장했다.

거기서 빠져나온 게 잘한 일이라고 생각하면서도 구겨진 자존심이 회복되지 않아 한동안 술만 마시면 울고불고 청승을 떨었다. 이나와 승아는 미련이 남아 저런다며 혀를 찼다. 왜 부모들이 자식새끼 머리 박박 밀어서 가둬놓는다고 하는지 알겠어. 술 취하면 전화하고 찾아갈지 모른다며 단단히 감시했고 혼자 술도 못 마시게 했다. 혹시라도 길에서 마주칠까 봐, 그가 씩 웃으며 다정한 말을 건네면 마음이 무너질까 봐 지원은 그의 단골집이나 자주 가던 곳은 피해 다녔다.

몇 달 뒤 엉뚱한 곳에서 그가 다른 여자와 걸어가는 모습을 봤을 때 비로소 자신이 그를 사랑했던 게 아니라 열패감으로 인한 집착을 사랑이라고 착각했다는 걸 깨달았다. 지원은 맞은편에서 그의 얼굴을 똑바로 쳐다보며 걸어갔다. 나 알지? 덕분에 비싼 공부 했다, 이 껍데기뿐인 새끼야. 속으로 그렇게 중얼거리고 나자 더 이상 바람둥이나 그 옆에 서 있는 여자에게 주눅 들지 않았다. 세상에는 그보다 더 잘생기고 유머러스하고 매너 좋고 따뜻한 사람이 많았다. 그는 잘난 남자가 아니라 제멋에 취해 이 여자, 저 여자 만나고 다니는 변덕쟁이에 불과했다. 그 뒤로 사람의 외모에 혹하거나 연연하지 않았다. 오히려 번드르르하면 의심이 생겼다. 그게 유일한 부작용이었다.

지원은 다시 애인이 없는 상태가 되었고 괜찮은 사람을 만나고 싶어 스윙댄스 동호회에 가입했다. 엘자는 춤 때문에 초심을 잃었지만 지원은 애인 없이 1년쯤 지냈더니 연애할 때만 느낄 수 있는 깊은 친밀감이 그리웠다. 이전의 실패와 얼마간의 외로움 뒤에 약간의 현명함이 생겼으나 누군가와 가까워지는 건 여전히 어려웠다. 고등학생 때 느꼈던 마법 같은 감정이 아니라 인간적이면서도 이성적인 호감, 또 보고 싶다는 끌림 같은 것이 간절했다.

코비는 집중할 때마다 입을 쭉 내미는 게 아이 같았고 진은 파트너의 손을 잡기만 해도 앞머리가 땀에 푹 젖는 게 순박해 보였다. 남동생들 같아. 엘자는 둘 다 남자로 보이지 않아서 편하다고 했다. 엘자의 파트너는 웃는 얼굴이 근사했지만 말만 하면 분위기를 어색하게 만들었다. 자기는 없고 자기 직업만 있는 사람처럼 일 얘기만 늘어놓았다.

동기 모임의 연락책은 코비였다. 네 사람이 만날 때도 코비가 시간과 장소를 조율했다. 그래서 목요일 저녁에 시간 괜찮으냐고 묻는 진의 메시지가 도착했을 때 지원은 약간 당황했다. 진이 먼저 연락한 건 처음이었다. 시간의 목적과 용도를 몰라 선뜻 괜찮다거나 선약이 있다고 대답하기 곤란했다. 엘자에게 물어볼까 고민하다가 자신에게만 온 거라면 어떻게 해야 할지, 진과 따로 만나고 싶은 마음이 있는 건지 자문해봤다. 좋다거나 싫다기보다 생각해본 적이 없다는 쪽에 가까웠다. 진은 늘 코비와 함께였고 엘자까지 넷이 만나면 대학생 때의 스터디처럼 동기 모임의 분위기가 강했다.

그 메시지는 처음으로 진에 대해, 아직 잘 모르는 그라는 사람에 대해 진지하게 생각해보게 만들었다. 진이 듬직해 보인다며 칭찬하는 동기도 있었고 공무원이라는 걸 알고 호감을 드러내거나 친구를 소개해주겠다는 사람도 있었다. 지원은 속으로 공무원이면 인간 됨됨이까지 괜찮다는 건가, 하고 투덜거렸다. 생각에 잠겨 있는데 메시지가 하나 더 도착했다.

○○ 구청 수화 동아리 발표회. 자리가 많이 남아서……. 끝나고 다 같이 밥 먹으러 가요.

그제야 뭘 고민했나 싶어서 웃음이 났다. 이 사람은 수화 동아리도 하는구나. 키도 크고 덩치도 큰 진이 수화하는 모습은 잘 그려지지 않았다. 수화는 스윙댄스만큼이나 생소했다.

진이 보낸 메시지 받았지?

엘자가 메신저로 말을 걸었다.

응. 시간 괜찮아?

그날 동생 생일이라 가족들이랑 저녁 먹기로 했거든.

그래? 진이 실망하겠는데?

돈 모아서 꽃다발이라도 하면 되지 않을까?

코비에게 진이 좋아하는 꽃이 있는지 물었다.

꽃에 대해 아무것도 모르는 놈이야. 대파 같은 거 한 단 묶어가도 좋아할 거야.

코비와 메시지를 주고받는 동안 엘자가 메신저로 여러 개의 링크를 보냈다. 다음 주 페스티벌 때 입을 블라우스와 스커트를 몇 개 골라봤다고 했다.

어떤 게 나은지 좀 봐줘.

회사 안에는 엘자가 연애 중이라는 소문이 돌았다. 얼굴이 밝아졌다느니, 웃음이 늘었다느니 저마다 이유를 붙여 확신했다. 그녀의 변화가 그 근거였다. 엘자는 긍정도 부정도 하지 않은 채 웃음으로 얼버무려 소문을 더 키웠다. 그러면서 사람들의 반응이 재미있다는 듯 지켜봤다. 쇼핑몰의 블라우스는 흰색에 네크라인과 소매의 디테일이 조금씩 달랐다. 스커트는 보는 것만으로도 눈이 환해질 정도로 색과 무늬가 화려했다. 엘자는 맨 앞줄 중앙이니까 옷에 신경 쓸 필요가 있지. 지원은 종종 회사 사람들 앞에서 엘자가 얼마나 춤을 잘 추는지 얘기하고 싶은 충동을 느꼈다.

지원과 코비는 옷에 너무 힘주지 말자고 합의했다. 수수하게 가는 거야. 무심한 듯 시크하게. 그렇게 맞장구를 쳐놓고도 집에 와서 옷장을 열어보면 어떤 옷을 입어야 할지 고민이 됐다.

수화 동아리 발표회에 가기로 한 날 아침, 코비에게서 전화가 걸려왔다. 사무실에서 몰래 하는 듯 목소리가 조심스러웠다.

- 팀 회식이 있는데 깜박했어. 잠깐 들렀다가 그쪽으로 갈게.

엘자도 못 가고 코비도 늦는다니 내키지 않았지만 두 사람에게 돈도 받아놓은 상태인 데다가 발표회 당일에 못 간다고 할 수도 없었다. 지원은 퇴근길에 회사 근처 꽃집에 들러 꽃다발을 만들어달라고 부탁했다.

구청 강당은 오래된 단관 극장의 분위기를 풍겼다. 발표회는 가요와 동요에 맞춰 서너 사람이 수화를 하는 순서와 짧은 연극, 동아리 멤버 전체가 수화로 합창하는 순서로 진행되었다. 드문드문 빈자리가 눈에 띄었다. 지원은 오른쪽 통로 옆

맨 뒷줄, 이라고 코비에게 메시지를 보냈다. 진은 두 곡에 참여했다. 처음에는 긴장한 듯 표정이 굳어 있었는데 노래를 부르면서 점차 팔과 손의 움직임이 부드러워졌다. 큰 손으로 수화를 하니 춤을 추는 것처럼 보였다.

코비가 언제 오나 싶어 문이 열릴 때마다 뒤를 돌아보면서 어정쩡한 자세로 지켜봤지만 연극은 흥미로웠다. 주인공은 외국 사람이 영어로 길을 물었을 때 대답하지 못한 것에 부끄러워하다가 영어회화 학원에 다니기로 결심했다. 그가 당황해서 더듬거릴 때 행인 중 누군가가 능숙하게 외국인을 도와주었고 그 사람이 부러웠던 것이다. 회화 학원에서 돌아오는 길에 주인공은 행인들 사이에서 쩔쩔매고 있는 사람을 보았다. 그는 표정과 몸짓으로 무언가를 열심히 호소했지만 다들 난처해하며 피해갔다. 주인공은 용기를 내어 다가갔고 그가 수화를 쓴다는 사실을 알게 되었다. 외국인 앞에서는 영어를 못하는 자신을 부끄러워하던 사람들이 수화를 쓰는 사람 앞에서는 무감각하게 지나쳤다. 주인공은 노트와 펜을 꺼내 그와 대화를 나누었고 연극은 두 사람이 무대 위에서 플래카드를 펼치는 장면에서 끝났다.

더 많은 사람들과 소통하고 싶은 마음,

그게 바로 우리가 수화를 배우는 이유입니다.

진은 행인 역할을 맡아 딱 한 번 무대에 올라왔고 대사가 없었다. 연극이 끝난 다음 사회자가 객석에 앉아 있는 사람들에게 간단한 수화를 가르쳐주었다. 손으로 하는 안녕하세요, 고마워요, 사랑해요, 잘 가요, 또 만나요, 는 어렵지 않았다. 지원도 손을 움직여 따라 해보았다. 문득 수화를 쓰는 사람들은 어둠 속에서 어떻게 속삭이나 궁금했다.

발표 순서가 끝나고 수화 동아리의 활동이 사진과 영상으로 소개되었다. 진은 미키마우스 머리띠를 한 채 바자회에서 음료수를 팔았고 아이들 앞에서 수화로 노래를 불렀다. 화면 속의 모습은 지원이 두 달 동안 댄스 동호회에서 봤던 진인 것 같기도 하고 전혀 다른 사람처럼 보이기도 했다. 사람은 누구나 여러 개의 얼굴을 가지고 있는데 진의 다른 모습에 대해서는 생각하지도, 궁금해하지도 않았다는 걸 깨달았다.

발표회가 끝날 때까지 코비는 오지 않았다. 휴대폰을 꺼내 보니 미안해, 못 빠져나가고 있어, 여기 판이 커지네, 일단 둘이 자리를 잡고 있으면 갈 테니까…… 이런 메시지만 여러 개

도착해 있었다.

동아리 회원들의 합창을 마지막으로 발표회가 끝났다. 박수의 여운이 남은 상태에서 무대의 불이 꺼지고 관객석의 불이 켜졌다. 가족, 동료, 친구 들이 나가서 꽃다발을 전해주고 같이 사진을 찍었다. 사람들은 삼삼오오 강당 밖으로 나갔다. 지원은 꽃다발을 전달할 타이밍을 놓친 채 주위를 둘러봤다. 출입문 밖에서 직원으로 보이는 사람이 테이블과 팸플릿을 정리하고 있었다. 그쪽에 맡기려고 가는데 누군가 뒤에서 어깨를 툭툭 쳤다. 돌아보니 진이 서 있었다.

- 와줘서 고마워요. 시간 괜찮으면 같이 밥 먹어요.
- 괜찮아요. 동아리 분들하고 뒤풀이하러 가셔야죠.
- 그건 내일 하기로 했어요.

다 같이 있을 때는 반말과 존댓말을 섞어 얘기했는데 둘만 있으니 조심스러웠다. 이런 데서 랄라, 라고 부르려니 이상하네요. 진이 뒷말을 흐렸다.

우연히 진의 본명이 영진이라는 걸 알게 되었을 때 그에 대해 잘 모르면서도 어쩐지 그답다고 생각했다. 닉네임조차 자기 이름에서 벗어나지 못하는 사람. 공무원이 갑갑하다고 말하면서도 그 옷이 잘 어울리는 사람. 한마디로 진은 별로 궁금하지 않은 사람이었다. 지원은 자신이 누군가에게 조각으로 보이는 게 싫고 당신이 본 게 다가 아니니 드러나지 않은 가능성이나 진심 같은 걸 봐달라고 호소하면서도 다른 사람을 대할 때는 드러난 일부분만 보고 쉽게 단정 지어버렸다. 그래서 사람들과의 만남이나 관계가 입체로 넘어가지 못하고 선이나 면에 머무르는 경향이 있었다. 수화 발표회 덕분에 지원은 진이 조금 궁금해졌다.

두 사람은 구청에서 나온 뒤 저녁의 골목길을 걸었다. 진이 괜찮은 음식점을 안다고 해서 그쪽으로 방향을 잡았다. 봄밤의 공기는 서늘했고 꽃향기의 여운이 골목 곳곳에 배어 있었다. 바람에 실려온 건지, 진의 꽃다발에서 풍기는 건지는 모호했다.

진이 데려간 곳은 골목 안쪽에 있는 일본식 카레 집이었다. 두 사람은 카레와 맥주, 새우튀김과 크로켓을 주문했다. 카레 냄새와 새우를 튀기는 기름 냄새가 가게 안에 떠다녔다. 진은 연습을 많이 못 해서 어색해 보였을 거라고, 언어니까 단어와 조사를 외워서 응용하면 좋은데 잘 안 돼서 발표회 곡을 통째로 외웠다고 했다. 그래서인지 잘 늘지 않더라고요. 그는 말더듬이처럼 보였을 것 같다며 걱정했다. 춤추는 것처럼 보였다고 하자 그래요? 춤도 잘 못 추는데, 하며 웃었다.

― 재혁이는 판이 커졌나 봐요. 빠져나오기 어렵대요.

진이 휴대폰을 보며 얘기했다. 지원은 엘자에게 꽃다발을 잘 전달했다고 메시지를 보냈다. 진과 같이 있는 건 대체로 편했지만 이따금 어색한 침묵이 흘렀다. 아주 친한 사이가 아니라면 때로는 가까운 사람들과도 대화에 공백이 생기기 마련이었다. 때마침 병맥주가 도착했다. 둘 다 내일 출근해야 하니까 조금만, 이라고 해놓고 병을 부딪친 다음 시원하게 들이켰다.

― 강당에서 계속 이 순간만 생각했던 것 같아요. 끝나고 나서 시원한 맥주를 마시자.

진이 홀가분한 표정으로 웃었다.

― 페스티벌 끝나고 마시는 맥주도 맛있겠죠.

― 맞아요. 기억에 오래 남을 거예요.

대화는 수화와 맥주와 스윙댄스와 페스티벌을 지나 파트너에 이르렀다. 진은 연습할 때마다 스텝이 꼬여 몇 번이나 파트너의 발을 밟았다고 했다. 팔을 돌릴 때 파트너가 인상 쓰는 걸 본 뒤로 자신감도 떨어진 상태였다.

― 나도 머릿속의 그림과 전혀 다른 춤을 춰요. 그래도 우리

여기까지 온 게 어디예요.

지원의 말에 진이 얼굴을 살짝 폈다.

─ 파트너는…… 이 사람이 영원한 짝은 아니니까 상처받지 말자고요.

지원은 맥주를 들어 건배를 청했다. 진의 얼굴에 웃음이 번졌다.

두 사람은 춤을 잘 추는 것과 호흡을 맞추는 것에 대해, 혼자 추는 춤과 둘이 추는 춤에 대해 이야기했다. 둘 다 춤과 무관한 인생을 살았다. 춤에 대해 잘 모르고 춰본 적도 별로 없었다. 춤추는 일이 신나고 아름답다고 생각하며 동경하는 정도였다.

─ 같이 호흡을 맞춰야 하는 거라 외우는 것만으로는 안 되잖아요. 상대를 살피며 같이 리듬을 타야 하는데……. 이래서 내가 연애를 잘 못하나 봐요.

─ 연애에 대해서라면 나도 할 말이 없네요.

─ 코비랑 춤추는 건 어때요?

진이 맥주를 비운 뒤 의자를 조금 당겨 앉았다.

두 사람이 친구라 지원은 파트너에 대해 말하는 게 조심스러웠다. 대신 고등학생 때 포크댄스의 파트너를 짝사랑한 적이 있다고 고백했다. 그때의 기억 때문에 스윙댄스를 시작하게 됐다고 털어놓고 나니 어쩐지 홀가분했다. 연애에 목맨 사람처럼 보여도 상관없었다. 봄밤이고 둘 다 맥주를 마셨다는 점이 용기를 주었다.

포크댄스 얘기를 하면 이나는 대체 왜 남들 다 전하는 편지도 못 건네고 통성명도 못 한 거냐고 타박했고, 승아는 그러니까 지금껏 아련하게 남아 있는 거라고, 아는 척하고 전화하고 만나고 그랬으면 걔도 그저 그런 남자애가 됐을 거라고 했다. 두 사람의 얘기는 다 맞았다. 지원은 인생의 어느 때는 승아의 마음이 되어 그대로 돌아선 채 추억으로 간직한 자신이 괜찮아 보였고, 어떤 때는 이나가 되어 우린 어차피 다 그렇고 그런 관계가 되기 위해 사는 건데 왜 용기를 내지 못했나 자책했다.

남중, 남고를 다녔다는 진은 동급생끼리 파트너가 되어 포크댄스를 추는 게 상상이 되지 않는다고 했다. 그에게 학생들이 같이 춤추는 건 외국 영화인 「라 붐」에서 본 장면들이 전부였다. 진이 「라 붐」 얘기를 꺼냈을 때 지원은 또 병을 들어 건배를 청했다.

텔레비전에서 방영한 그 영화를 보고 소피 마르소에게 푹 빠진 언니 덕분에 지원도 비디오로 몇 번이나 다시 보았다. 10대 초반인 초등학생이 보기에는 조숙한 내용이었지만 그래서 더 궁금하고 끌렸다. 언니는 그 영화가 프랑스에서 1980년에 만들어졌다는 잡지 기사를 보고 절망했다. 다른 게 선진국이 아니다, 쟤네가 저 나이에 저러는 동안 우리는 파티는커녕 남자 손 한번 못 잡아봤으니 무슨 남자 보는 눈을 키우고 제대로 된 연애를 하고 결혼을 하겠느냐며 탄식했다. 집과 학교에 「라 붐」 열풍이 불어닥쳤지만 그걸 보고 실질적으로 할 수 있는 일이라고는 주제곡이 담긴 노란색 악보 피스를 사 와서 쳐보는 것과 미용실에 가서 소피 마르소의 사진을 보여주며 어울리지도 않는 바가지 머리로 잘라보는 것뿐이었다. 어쩌면 그때 지원의 머릿속에 춤과 댄스파티가 청춘과 연애의 이미지로 남게 되었는지도 모른다.

영화의 몇 장면과 가을날 오후의 포크댄스에 대해 얘기하면서 지원은 잘 우러난 차 한잔을 마시는 기분이 되었다. 지나온 어떤 순간, 인상적인 장면을 꺼내 후후 불어 맛볼 수 있다는 건 인생이 베푼 행운임에 틀림없다. 그런 면에서 인생에는 언제든 뜨거운 물을 부은 뒤 우려먹을 수 있는 티백이 필요하다. 청춘이라 명명할 수 있는 장면과 따뜻했던 눈 맞춤,

짜릿했던 키스, 온몸과 마음이 살아 있다고 느꼈던 순간이 고스란히 담긴 티백이어야 한다. 몸이 힘들고 마음이 가라앉을 때 그것들로 우려낸 차를 마시며 자신이 쓸모없는 존재가 아니고 이 삶이 완전히 실패하지 않았으며 사랑의 한복판에 서 있던 시절도 있었다는 걸 깨달으면 기운을 얻을 수 있다. 지원은 내면의 서랍에 추억의 티백이 많은 편은 아니었지만 가끔 꺼내 차를 마실 수 있다는 것만으로도 위안이 됐다.

진은 자신이 뒤를 잘 돌아보지 않는 타입이라고 했다. 지난 일이나 장면에 대해 곱씹어보는 걸 좋아하지 않는다고, 그보다는 앞으로 일어날 일에 대해 생각해보는 게 더 재미있다고 했다. 그럴 수도 있겠구나. 지원은 고개를 끄덕거렸다.

— 어쩌면 추억이 별로 없고 가난해서 그런지도 몰라요.

그 말을 할 때 진은 슬퍼 보였다. 자기는 재미없는 사람이지만 타고난 공무원이라거나 그 일에 딱 맞는 사람은 아니라고 했다.

— 지난번 뒤풀이 때 그런 얘기를 들었는데 기분이 이상했어요.

공무원이 되기 위해 열심히 공부했고 떨어질까 봐 조마조마해하며 시험을 치렀다. 겨우 통과한 다음에는 구청으로 발령이 나서 일하고 있지만 아직도 공무원이 되지 않은 것 같은 기분이 들 때가 많았다. 공무의 매뉴얼에도 익숙해지지 않았고 공무원 사회의 관행이나 마인드도 불편했다. 관공서에 와서 반말하고 소리 지르며 억지 부리는 사람들을 보면 곤혹스럽고 진땀이 났다. 사람들이 공무원을 막 대한다는 인상을 지울 수 없었다. 몇 년이 지났는데도 진은 관공서와 고시원의 중간쯤에 서 있는 것 같은 어정쩡한 기분으로 일했다.

아동복 회사에 다니는 지원도 가끔은 아동복이라는 말을 빼고 의류 회사에 다닌다고 자신을 소개할 때가 있었다. 아동복 회사에 다닌다고? 너한테 잘 어울린다. 그런 말을 들으면 기분이 이상했다. 내가 유치하다는 건가. 그렇다고 안 어울리게 왜 그런 델 다니느냐는 말도 기분이 좋지만은 않았다. 소속된 회사나 직업, 먹고살게 해주는 밥벌이는 중요하지만 그 일이나 그 일의 특성과 분리되고 싶은 마음이 누구에게나 있기 마련이었다.

두 사람은 일과 일하는 자신과 30대의 삶과 앞으로의 인생에 대해 이야기했다. 성향이나 성격, 관심사는 달랐지만 두 살 차이라 고민의 방향이나 내용이 비슷했다. 상대에게서 비슷한 부분을 발견하는 것이 대화의 활력소가 되었다.

테이블 위에 빈 병이 많았지만 둘 다 한 병씩 더 주문했다. 새우튀김과 크로켓은 남았고 가게의 커다란 냉장고에는 맥주가 많을 테니 좀 더 마시고 취해도 괜찮을 것 같았다.

- 나중에 후회하면 어떡하나, 이런 걱정만 하며 살아온 것 같아요. 옛날에도, 지금도, 나이가 들어도 이 걱정이 계속 이어지는 거예요. 그러다 보니 현재를 즐길 여력이 없어요. 아, 좀 더 방탕하게 살아야 하는데.

지원은 자신도 모르게 주먹으로 테이블을 내리쳤다. 목소리가 커지고 손을 많이 움직이는 걸 보니 취기가 오른 것 같았다. 불끈 쥔 주먹을 보고 진이 소리 내어 웃었다.

- 지금도 늦지 않았어요.

- 그런가요? 그런데 저 같은 사람들은 언제나 다음을 기약하지요.

오기로 했던 코비 대신 맥주가 지원과 진 곁에 앉아 얘기하는 것처럼 대화가 계속 이어졌다. 두 사람은 곧 문을 닫을 거라는 주인의 얘기를 들은 뒤에야 겉옷을 챙겨 일어섰다. 시간이 벌써 이렇게 됐나. 동시에 중얼거렸다. 자정을 30분 정도 남겨둔 상태였다. 휴대폰을 보니 언니의 전화와 메시지가 와 있었다.

엄마 아빠 잔다. 열쇠로 열고 들어와.

언니는 지원이 늦는 것보다 들어오면서 엄마, 아빠를 깨울까 봐 걱정했다.

열쇠 있음. 이제 술자리 끝.

진이 화장실에 간 사이 서둘러 답을 보냈다.

두 사람의 집은 반대 방향이었다. 진이 버스 정류장까지 데려다주겠다고 해서 큰길 쪽으로 걸어나갔다.

- 코비 어떻게 생각해요?

진은 노인네처럼 뒷짐을 졌고 지원은 그와 약간 거리를 두고 걸었다.

- 착하죠. 재미있고 친절하고. 파트너 잘 만나서 즐겁게 할 수 있었죠. 아니었으면 중간에 그만뒀을지도 몰라요. 춤에 젬병인데 파트너까지 별로면 괴롭잖아요.

- 다행이네요. 파트너 중요하죠. 재혁이는 괜찮은 놈이고.

좁은 골목에서 앞과 옆을 살피며 걷는 게 힘들기도 하고 봄밤에 부풀어 오르는 취기를 감추는 것도 어려워서 두 사람은 종종 몸을 부딪혔다가 조심스레 멀어졌다.

- 코비는 재혁이고 내 이름은 지원이에요. 이지원.

- 아, 랄라는 지원 씨구나. 이름이 예쁘네요. 나는 김영진이

에요.

진의 이름은 알고 있었지만 통성명을 하고 나니 비로소 그가 김영진으로 보였다.

지원은 어릴 때도, 성인이 된 뒤에도 교실의 친구들과 선생님 앞에서, 신입생 환영회와 동아리 모임의 자기소개 시간에, 회사의 면접관과 소개팅 상대 앞에서 이름을 말하는 게 부끄러웠다. 누군가에게 이름이 불리거나 자신의 이름을 말하는 게 아무렇지 않은 순간, 자기 이름이 컵이나 화분처럼 객관화될 때쯤 진짜 어른이 되는 게 아닐까, 종종 생각했다.

영진이 랄라는 진짜 지원 씨 같다고, 지원이란 이름과 잘 어울린다고 말했다.

- 지원 씨 같은 건 어떤 거예요?
- 음, 이렇게 생긴 거?
- 그런 면에서 영진 씨도 딱 영진 씨 같습니다.
- 어쩐지 별로라는 말처럼 들리네요.
- 그럼 나한테도 그런 뜻으로 말한 건가요.

둘의 대화는 농담과 진담을 오갔다. 심야의 버스 정류장으로 가는 길은 먼 것 같기도 하고 금세 도착해버릴 것 같기도 했다. 봄밤이란, 봄밤의 공기와 정취란 어쩌면 이렇게 달콤한가.

지원은 걷고 숨 쉬면서 감탄했다. 적당한 취기가 마음에 들었고 새로운 가게와 골목을 알게 되어 좋았다.

— 솔직히 말하면 지원 씨가 재혁이랑 파트너 됐을 때 속상했어요. 같이 춤출 때도 질투 났어요. 둘이 웃고 장난치면 되게 부러웠어요. 나도 못 추는데, 나도 재혁이만큼 못 추는데, 지원 씨랑 파트너 되면 같이 못 출 수 있는데, 그런 생각이 계속 들어서……. 그렇지만 파트너는 이미 정해졌으니까.

갑작스러운 얘기에 지원은 당황했다. 영진을 쳐다볼 수 없어서 고개를 살짝 숙인 채 걸었다. 그가 옆에서 같이 못 출 수 있는데, 라고 계속 중얼거렸다. 슬며시 웃음이 났다.

— 뭐예요. 지금 춤 못 춘다고 놀리는 거예요?

— 아니에요. 그냥 둘이 같이 있는 게 질투가 나서……. 그동안 춤추러 가는 게 힘들면서도 행복하고 그랬어요.

지원은 숄더백의 끈을 만지작거렸다. 질투에 대한 얘기를 듣는 건 오랜만이었다. 너와 개가 같이 있는 모습을 보는 게 힘들다는 얘기는 20대까지만 하는 건 줄 알았다. 그때의 질투는 사랑 고백도 아니고 사귀자는 말도 아니고 그저 관심의 표명에 가까웠다. 너를 좋아한다거나 사귀고 싶은 건 아니지만 걔랑 만나는 건 마음에 안 든다는 유치한 투정처럼 들렸다.

그런데 30대 중반의 덩치 큰 남자에게서 흘러나온 질투라는 말은 예전과 다른 뉘앙스를 풍겼다. 그저 질투가 난다고 했을 뿐인데 왜 가슴이 뛰는지 알 수 없었다.

- 괜한 얘길 했나 봐요. 그렇지만 진심이니까 언젠가 꼭 얘기하고 싶었어요.

예전에도, 지금도 고백의 형태를 띤 말들은 지원을 흔들었다. 뺨이 달아오르고 이마가 뜨거워지고 가슴이 뛰어서 체온이 2도쯤 올라간 것 같았다. 호감보다는 궁금증만 약간 생긴 정도였는데 상대가 품고 있던 불꽃이 이쪽으로 옮겨온 것 같았다.

멍하게 걷던 지원은 골목 뒤편에서 나는 자전거 벨 소리에 뒤돌아보았다. 옆으로 피하려다 발을 잘못 디뎌 휘청거렸다. 영진이 팔을 잡아주어 겨우 중심을 잡을 수 있었다. 고마워요. 지원이 입속말로 중얼거렸다.

- 바닥이 고르지 않아서 조심해야 해요.

팔에 닿은 손이 따뜻하고 단단했다. 그 손은 지원이 똑바로 서자 힘을 뺐다. 그리고 천천히 아래로 내려가 지원의 오른손을 잡았다. 지원은 손을 빼지도, 같이 잡지도 않은 채 가만히 걸었다. 매주 연습하며 잡는 코비의 손과 예전에 연습하며 잡았던 진의 손과 맥주와 봄밤에 취해 잡는 영진의 손은 달랐다. 다른 사람의 손이라는 감각이 확실했다. 영진의 손은 진의 손보다 크고 뜨거웠다. 별일 아니지, 손잡고 좀 걸을 수도 있지, 취하면 그럴 수도 있지, 라고 생각하려 애썼다. 한편으로는 내일 저녁에도, 그다음 날에도 스윙댄스 연습이 있는데, 다음 주가 페스티벌인데 아무 일도 없었던 것처럼 얼굴을 보고 인사를 하고 농담을 하며 지낼 수 있을까, 그런 걱정이 스쳤다. 서른 살이 넘었는데도 여전히 고등학생 때 같은 고민에 빠져 있었다. 그냥 이 봄밤의 정취와 따뜻한 손과 같이 걷는 길과 평범한 하루가 예기치 않은 방향으로 흘러가며 선사하는 설렘을 즐기자고 생각했다.

정류장에 도착한 두 사람은 나란히 서서 차가 오는 방향을 쳐다보았다. 버스는 어쩌다 한두 대 지나갔고 지원이 타야 할 버스는 보이지 않았다. 아마도 자정이 넘었겠지. 휴대폰을 꺼내 시간을 확인할 수도 있었지만 그러지 않았다. 그저 손을 잡은 채 가만히 서 있었다.

- 막차도 끊긴 것 같은데 좀 더 걸을까요?

영진이 잡은 손을 끌었다.

- 그럴까요?

두 사람은 버스의 진행 방향으로 걷기 시작했다. 지원은 오른손에 조금 힘을 주었다.

영진은 처음으로 여자와 손을 잡은 게 대학에 입학한 뒤라고 했다. 자신이 졸업한 남고와 근처의 여고가 동문회를 같이 했는데 거기에서 첫 여자친구를 만났다. 1년 정도 친구와 애인 사이를 오가며 지냈는데 손잡는 것도 키스도 그 친구가 처음이었다.

― 키스를 할 줄 몰라서 붕어처럼 입을 뻐끔거리다 혼나기도 했어요. 그다음에는 격정적으로 해보려고 기회를 노리다가 입술을 물어뜯어서 난리가 나기도 했고요.

스무 살 무렵의 영진이 잘 그려지지 않았다. 두 사람은 스무 살 때와 첫 연애에 대한 얘기를 두서없이 나누며 걸었다. 서너 개의 정류장을 지나친 것 같았다. 새벽이 깊고 날이 밝을 때까지, 언제까지라도 걸을 수 있을 것 같은 봄밤이었다.

― 이제 택시를 잡아야 할 것 같아요.

지원은 택시 모양이 새겨진 정류장 앞에 멈춰 섰다. 영진의 집에서는 한참이나 멀어져 있었다. 도로는 한적했고 승객을 실은 택시 몇 대가 빠른 속도로 지나갔다. 저쪽에서 빈 차의 불을 밝힌 택시가 오는 걸 보고 영진이 팔을 뻗어 흔들었다.

두 사람은 잡고 있던 손을 놓았다. 차 문을 여는데 영진이 지원의 팔을 가볍게 잡았다.

- 지원 씨, 내일 꼭 나와야 해요. 안 오면 안 돼요. 기다릴 거예요.

- 질투 난다면서요. 내일도 연습할 텐데 괜찮겠어요?

영진의 표정이 너무 진지해서 지원은 농담을 던졌다. 그가 빙긋 웃으며 택시 문을 닫아주었다. 돌아보니 영진은 멀어지는 택시를 향해 손을 흔들고 있었다.

지원은 뒷좌석에 기대앉은 채 천천히 숨을 내쉬었다. 뜨겁고 무거운 한숨이 새어 나왔다. 이 기분은 뭘까. 혹시 자신이 상대가 고백하거나 호감을 표현하면 무조건 감정이 옮겨붙고 받아주는 타입인가 의심해봤다. 사실 그동안의 연애는 대부분 그런 절차에 따라 진행되었다. 남자들이 호감을 표현하는 경우가 많지 않았기 때문에 가끔 찾아오는 기회마저 거절하려면 용기가 필요했다. 이 고백을 외면하면 연애할 기회가 사라질까 봐 조급해하며 시작했다. 다행히 그렇게 만난 상대와의 연애도 친밀감과 기쁨, 실망과 아픔을 두루 선사하며 일상의 밀도를 높였다. 가끔은 끌리는 사람에게 고백도 못 하고 지나간 순간들을 후회하기도 했지만 다시 돌아가도 그 순간을 놓친 채 비슷한 양상의 연애를 하게 될 것 같았다. 이번에도 그렇게 흔들리는 게 아닌가 싶었다. 사랑을 느낄 때 만남을 시작하는 게 맞는지, 괜찮다는 정도의 감정에서 시작해 사랑한다고 느끼게 되는 쪽으로 가도 좋은지 여전히 알 수 없었다. 숨을 오래 참고 있다가 호흡을 하게 된 것처럼 어지럽고 황홀한 기분이 온몸으로 번져나갔다.

집에 도착해서 침대에 누운 뒤 지원은 취기와 나른함에 잠겨 영진과 걸었던 길을 천천히 되감았다. 감각의 안쪽, 미열의 진원지를 가만히 들여다보았다. 거리를 메운 봄밤의 향기와 뺨에 닿던 바람과 잡은 손과 마주 보던 얼굴과 목소리를 생각하다가 골목길의 어디쯤에서 잠이 들었다.

액자 속 사진은 페스티벌이 끝난 뒤 영진, 지원, 재혁, 은자가 같이 놀러 간 피크닉에서 찍은 것이었다. 그날 사진을 많이 찍었는데 영진과 함께한 이 사진만 남았다. 둘이 사귀기로 했다는 말을 전하자 재혁은 이게 다 내가 그날 회식에 붙잡혀 있던 덕분이라며 생색을 냈다.

— 내가 이렇게 접착제 역할을 잘한다니까.

그는 페스티벌이 끝난 뒤 뒤풀이 때 엘자에게 고백했다가 깔끔하게 차였다.

- 생각해보면 처음부터 엘자에게 흑심을 품고 고기를 사준다고 한 거였어. 나 혼자 나갔으면 고기 안 사줬을 거야. 맞죠?

지원이 눈을 흘기자 재혁은 팔짱을 낀 채 고개를 저었다.

- 그날 고기는 그대가 제일 많이 먹었어. 임도 보고 뽕도 딴 사람이 이러면 안 되지.

턴할 때 화려하게 퍼지는 스커트를 입고 춤 솜씨를 뽐냈던 엘자는 페스티벌이 끝난 뒤 두 사람에게 고백받았다. 한 명은 연애 선수로 소문난 사람이었고 다른 한 명이 코비였다. 그녀는 연애를 잠시 미뤄두고 발레와 탱고를 배워보고 싶다며 차례로 거절했다. 사실 코비에 대해서는 좀 고민했지만 아무래도 누군가와 결혼까지 하려던 사람이라는 걸 알게 되니 자신이 없더라고 했다.

- 나 되게 꽉 막혔지. 근데 이게 또 나니까. 어쩔 수가 없더라고.

- 그래도 한 커플 나왔으니까 그거면 됐지, 뭐.

머쓱해진 코비는 너스레를 떨었다.

- 이제 춤은 다 그만두는 거야? 아쉽네.

넷이 함께 만난 건 그때가 마지막이었다. 지원이 스윙댄스 동호회와 함께한 짧은 시절, 춤추던 봄날은 피크닉과 함께 막을 내렸다.

그리고 지원과 영진의 만남이 시작되었다. 그 뒤로 둘 사이에는 두꺼운 앨범 서너 개가 만들어질 만큼 오랜 시간이 흐르고 많은 장면이 생겼지만 영진을 생각하면 늘 처음 손을 잡고 걷던 골목길과 밤의 도로가 떠올랐다. 그 평범한 장면은 꺼내 볼수록 슈가 파우더가 덧뿌려지는 듯 점점 더 아련하고 달콤해졌다.

지원은 책장 위의 액자를 물끄러미 쳐다보다가 맨 아래 칸 서랍에 넣어버렸다. 랄라와 진이 지원 씨와 영진 씨가 되었던 때, 조심스러우면서도 존중하는 태도로 다정함이 깃든 존댓말을 주고받던 때의 모습이었다. 언제부터 존댓말이 반말로 바뀌었는지, 지원 씨가 지원아, 자기야, 야, 너가 되었는지는 기억나지 않았다. 물론 반말에도 나름의 편안함과 친밀함, 비밀스러움이 존재했다. 그러나 다시 돌아갈 수 있다면 지원은 제일 먼저 존댓말이 반말로 바뀌는 걸 막고 싶었다. 결국 지금과 똑같은 결과를 맞게 된다고 할지라도.

3,

 일찍 잠든 것도 아닌데 새벽녘에 깨버렸다. 지원은 꽉 찬 빨래 바구니에서 급하게 필요한 것만 몇 개 골라 세탁기에 넣었다. 버튼을 누르고 물을 받는 동안 아파트 앞 편의점에 내려가 떠먹는 요구르트와 우유, 시리얼을 사 왔다.
 요구르트를 떠먹으며 흐르는 물에 세제가 풀어지고 옷의 부피가 줄어드는 걸 지켜보았다. 푹 젖은 세탁물이 물속에서 고요하게 돌아가고 젖은 옷들이 미미한 소음과 출렁이는 물결을 따라 흔들리는 걸 보면 이상하게 마음이 편해졌다. 세탁기의 외양에는 아무 변화가 없는데 안에서는 코스에 따라 정해진 일이 진행된다는 것, 때를 빼기 위해 통 속에서 솟구친 물살이 빨래를 돌리고 누르고 비비며 분주하게 일한다는 것, 안에 든 것들은 이리저리 치이며 시달리지만 결국 깨끗해진다는 것을 확인하는 과정이 묘한 안도감을 주었다. 그게 왜 자신의 마음을 다독이는지 설명하기는 어려웠다. 그저 인생의 어떤 순간에는 세탁의 시간을 지나는 것 같았다. 코스의 어디쯤에서 물이 차기를 기다렸다가 그 과정을 지나면 다음 코스로 넘어간다. 유쾌한 기분이라고 할 순 없지만 더 나빠질 건 없다는 생각으로 몸의 힘을 뺀다. 지금은 거품이 일지만 다음 코스, 그다음 코스를 지나면 결국 세제가 씻겨 내려갈 거라는 사실에 몸을 맡긴다. 어떤 일이든 시간의 흐름과 함께 지나가리라는 믿음이 필요한 때가 있다. 그래서 가끔은 세탁기의 버튼을 눌러놓고 바라보았다.

승아와 이나를 만나 웃고 떠들 생각으로 기대감에 찬 하루를 보냈다. 화요일의 여자들이 가장 좋아하는 건 먹고 마시고 수다 떠는 것. 퇴근길에 마트에 들러서 맥주와 식료품을 샀다. 카트의 반을 캔 맥주로 채운 사진을 찍어 보내자 두 여자가 동시에 꺅! 하는 메시지를 보냈다.

이나는 피자와 샐러드를, 승아는 치킨과 딸기를 사 왔다. 포장을 뜯은 뒤 테이블 위에 펴놓고 개인용 컵과 접시, 포크를 세팅했다. 오랫동안 손발을 맞춰온 터라 각자 할 일을 척 척 해냈다.

- 이 테이블은 암만 봐도 잘 샀어. 식탁으로 써도 괜찮고 일하기도 좋고.

승아가 테이블 표면을 손으로 쓸었다.

- 애가 산 것 중에 제일 괜찮아.
- 맞아. 원목도 고급스럽고 색감도 좋고.
- 그럼 그동안 내가 산 건 다 뭐니.

지원은 입을 쭉 내밀었다. 비어 있던 테이블 위가 음식으로 채워졌다. 요즘 지원은 테이블이 쓸데없이 크다는 생각을 자주 했다.

- 애는 요즘 규원 언니랑 절친이야. 둘이 심야영화 보고 같이 술 마시러 다니고. 부럽다니까, 진짜.

이나가 피자를 잘라 접시에 한 조각씩 덜어주었다.

- 내가 요즘 만날 사람이 없다. 너희는 결혼했지, 회사 다니는 애들은 시간대가 안 맞지. 규원 언니랑은 하는 일이 같잖아. 자꾸 보니까 이젠 친언니 같다.

승아는 닭 다리 두 개를 지원과 이나의 접시에 나눠주고 자신은 날개를 집어 들었다.

- 옛날에는 우리 언니 무섭다고 하더니……. 네가 변한 거

냐, 우리 언니가 변한 거냐.

- 너희 언니처럼 한결같은 사람이 없다. 이대로 독거노인 되면 서로 생사를 살펴주기로 했어. 아름답지 않니?

- 절친 맞네, 맞아.

- 뷰티풀 그 자체네, 자체야.

셋은 각자의 유리컵에 맥주를 따른 뒤 건배했다. 한 달하고도 2주 만의 만남이라 그간의 크고 작은 일들에 대해 풀어놓기 바빴다.

지원은 금세 첫 잔을 비웠다. 냉전 기간에 넋 놓고 드라마를 보긴 했지만 술은 마시지 않으려고 노력했다. 쏟아내지 못하고 소통되지 못한 감정이 목구멍 근처까지 차올랐다. 술에 취해서 울거나 화를 내게 될까 봐 두려웠다. 누군가를 만나 얘기하는 게 두려우면서도 이 모임을 가장 기다렸다. 화요일의 여자들 앞에서라면 좀 취해도 괜찮을 것 같았고 그녀들과 함께라면 소리 지르거나 화내지 않고도 감정을 풀어낼 수 있을 것 같았다.

- 다음에는 규원 언니도 부르는 거 어떠냐. 그 양반, 아무래도 요즘 봄 타는 것 같아.

승아는 날개를 야무지게 발라 먹은 뒤 뼈를 버렸다.

요즘 언니의 고민은 뭘까, 둘이 술 마시면 무슨 얘기를 할까, 갑자기 궁금했다. 짤막한 대화나 메시지를 주고받은 것 말고는 언니와 이야기 나눈 지도 오래되었다. 영진과의 일을 털어놓을 생각은 하지 않았다. 결혼 안 한 언니가 이해할 수 있을까, 얘기해도 될까, 고민하다가 옆으로 치워버리곤 했다.

― 언니는 요즘 어떻게 지내?

― 일하느라 바빠. 별일 있는 건 아니고. 가끔 혼자 술을 마셔서 그게 걱정이다.

지원이 얼굴을 찡그리자 승아는 언니만 그런 게 아니라 번역하는 사람들이 다 외로운 영혼이라고 덧붙였다. 그래도 언니가 작업하다가 혼자 종이컵에 소주를 따라 마셨을 거라고 생각하니 마음이 안 좋았다.

― 그래, 불러. 같이 늙어가는 처지에.

이나가 시원하게 잔을 비웠다.

― 나이 들면서 언니가 사람이 어려지고 애 같아지네. 요즘은 매사에 그렇게 나한테 조언을 구한다.

승아는 새로 번역을 시작한 책의 내용에 대해, 이나는 네 살 된 딸아이의 어린이집 생활에 대해 얘기했다. 지원은 갑자기 폭탄을 던지기가 멋쩍어 매장의 저조한 매출에 대해 얘기하는 걸로 자신의 분량을 채웠다. 치킨과 피자는 바닥을 드러 냈고 딸기만 몇 알 남았지만 맥주라면 욕조를 채울 만큼 남아 있었다. 샐러드를 먹던 이나가 두리번거렸다.

— 마른안주를 안 사 오다니 우리가 음주의 기본이 안 돼 있 다. 집에 과자 없냐. 어른 과자.

이나는 밍밍하고 달짝지근한 아이 과자에 질렸다며 짭짤 하고 바삭한 감자 칩 타령을 했다. 드라마를 보는 내내 지원 은 감자 칩과 육포, 마른오징어, 아몬드 같은 것을 우물거렸 다. 술 생각이 날 때마다 그것들을 집어 먹었다. 그래서 마른 안주는 동이 났고 당분간 멀리하자는 마음으로 카트에 담지 않았다.

— 반건조 오징어 가져온다는 걸 깜박했네. 냉장고에서 꺼 내놨는지 어쨌는지도 모르겠다. 상하면 냄새 장난 아닐 텐 데……. 영진 씨는 언제 오냐. 들어올 때 과자 사 오라고 해라.

바다표범처럼 소파에 기대 있던 승아가 영진의 이름을 꺼 냈다. 지원은 올 게 왔다는 심정으로 남은 맥주를 마셨다. 숨 길 생각도 없고 숨겨지지도 않겠지만 어디서부터 이야기를 풀어가야 할지 고민이 됐다.

— 그분 오늘 안 들어온다.

- 그래? 어디 출장 갔냐? 그럼 나 자고 갈까?

이나가 눈을 반짝이며 좋아했다. 신데렐라가 오늘은 또 뭘 놓고 헐레벌떡 엘리베이터를 타러 나갈지 궁금했다.

- 오늘 자유부인이네. 마셔.

승아와 지원은 새 캔을 땄다.

- 오늘만 아니고 앞으로도 쭉 자유롭게 지내게 될 것 같다.

그 말에 늘어져 있던 두 여자가 상체를 일으켰다. 무슨 소리야? 온몸이 물음표가 되어 쳐다보았다.

- 당분간 떨어져 지내기로 했어. 앞으로 어떻게 할지는 좀 더 생각해보려고.

이런. 세상에. 두 친구가 약속이나 한 듯 감탄사를 내뱉은 뒤 캔을 입으로 가져갔다.

- 일단 좀 마시자.

- 얘가 술을 많이 사다 놓은 이유가 있었네.

승아가 휴대폰을 꺼내 음악을 켰다. 볼륨을 적당히 높여 무겁게 흐르는 정적을 휘저었다. 「레옹Leon」의 주제곡인 「셰이프 오브 마이 하트shape of my heart」의 전주가 흘러나왔다. 영화가 재개봉했을 때 같이 극장에 가서 봤는데 하도 울어서 셋 다 눈이 통통 부었다. 극장에서 나온 뒤 술을 마시며 누군가 사랑의 완성은 결혼이 아니라 한 사람이 죽어 다른 사람의 마음에 묻히는 일 같다고 말한 게 떠올랐다. 레옹은 결국 마틸다의 영혼에 뿌리를 내렸지. 지원도 그렇게 말하며 다시 울컥했다.

화요일의 여자들에게 이혼 얘기가 처음은 아니었다. 4년 전 승아가 이혼이라는 말을 꺼냈을 때는 너무 뜻밖이라 뭔가 잘못 들었거나 음파에 교란이라도 생긴 줄 알았다. 지원은 결혼한 지 1년쯤 되었고 이나는 식을 몇 달 앞둔 상태였다. 두 사람에게 이혼은 접해보거나 겪어본 적이 없어서 미지에 가까웠다. 디저트를 먹다가 승아가 이혼하기로 했다고 선언하는 바람에 지원은 커피를 반 넘게 쏟았고 이나는 포크와 스푼을 연달아 떨어뜨렸다. 승아는 이혼을 결심하게 된 계기와 과정에 대해 덤덤하게 설명했다. 쉬운 일은 아니지만 더 불행해지지 않기 위해 결정한 거라고 했다. 말끝에 눈시울이 붉어졌고 울지 않으려고 입술을 꾹 깨물었다.

그런데도 저마다의 타이밍에 눈물샘이 터졌다. 세 사람은 번갈아 냅킨으로 눈 밑을 찍어내고 코를 풀어 옆에 쌓아두었다. 제일 먼저 눈물을 멈춘 게 승아였고 울다가 진정하기를 반복하며 끝까지 운 게 이나였다. 그날 무슨 얘기를 더 나누었는지는 떠오르지 않았다. 그때 위로랍시고 던진 말들이 너무 형편없었다는 것만 기억났다. 그래서 승아에게 오래 미안했다.

어쩌다 보니 지원에게도 똑같은 고민의 순간이 다가왔다. 별거 중이었지만 그 자체가 목적은 아니므로 결혼생활을 들여다봐야 했다. 무엇이 잘못되었고 무엇을 바꿀 수 있고 무엇이 영영 바뀌지 않을지, 무엇을 참을 수 있고 양보할 수 있고 물러설 수 없는지……. 영진도 그만의 방식으로 생각해보기를 바라는 수밖에 없었다.

7년 전에 연애를 시작하면서 영진을 소개했을 때 이나는 착하고 믿음직스러워 보인다고 했고 승아는 반듯하고 소신 있는 사람 같다고 했다. 언니는 순한 것 같지만 고집스러운 면이 느껴진다고 했다. 대체로 영진의 소탈함과 모범생 기질을 긍정적으로 평가했다. 그들의 말을 들으며 지원은 고개를 끄덕거렸다. 그 모든 말이 모여 영진이 된다는 걸 알았다.

결혼한 뒤 영진과 종종 싸우긴 했지만 서로를 알아가고 맞춰가는 과정이라고 생각했다. 부부싸움 앞에서 인간적인 장점은 대체로 무용했다. 결혼 전에는 장점으로 꼽히던 것들이 하나의 두드러지는 단점을 이기지 못하거나 덩달아 단점으로 변해갔다. 사랑에 빠지는 이유는 단순한데 함께 살 수 없는 이유는 구질구질하게 길었다. 그래서 말로 다 할 수 없는 그 사연들을 하나로 묶어 사람들이 성격 차이라고 명명하는 것 같았다. 그래도 둘 중 누군가 관계를 망칠 정도로 명백한 잘못을 했거나 다른 사람과 사랑에 빠지지 않았다면 지나갈 수 있는 일이라고 생각했다. 어떤 일이 이혼을 생각하고 결정하게 만드는지 체감하지 못한 상태였다.

승아의 플레이리스트는 추억의 팝송을 모아놓은 건지, 20대 때 들었던 음악들이 연달아 흘러나왔다. 세 여자는 노래를 흥얼거리며 술을 마셨고 간간이 얘기를 주고받으며 취해갔다. 별거와 이혼 가능성에 대해 얘기하면서 누구 하나 울먹거리지 않고 컵이나 접시를 떨어뜨리지 않았다는 것만으로도 어른이 된 것 같았다.

- 지원아, 다른 사람들 생각하지 말고 너 하고 싶은 대로 해. 무조건 네가 행복해지는 쪽으로 결정해.

승아가 어깨를 두드려줬다.

- 자존심 같은 거 생각하지 마. 그거 되게 바보 같은 짓이다.
- 그래야지. 그럴 거야, 나.
- 만약에 다시 살아보는 게 낫겠다 싶은 생각이 들면 그 마

음도 무시하지 마. 어떤 흐름에 실려가지 말라고. 그거 지는 거 아니니까.

승아가 이쪽 편에서 줄을 살짝 잡아당기자 이나가 고개를 저었다.

- 잘 생각해서 결정해. 중간에 돌리지 말고. 뭐가 걱정이야. 선녀와 나무꾼처럼 애가 있는 것도 아니고 홀몸인데. 마음 가는 대로 해. 미적거리지 말고 홀가분하게 승천해.

- 너도 승천하고 싶은 거야? 이참에 우리 화요일의 여자들 말고 승천하는 여자들로 이름 바꿀까.

승아가 빈 캔을 우그러뜨리며 악당의 말투를 흉내 냈다.

- 나는 이혼해도 너희랑 호칭부터가 다르다. 싱글맘, 무게감이 느껴지지 않니?

- 그래, 너는 많이 무겁다. 승천 보류.

취객들의 대화에 지원은 소리 내어 웃었다. 흩어지고 사라질 웃음이지만 위로가 되었다. 마음이 무너질 때 사람을 끝까지 지탱하고 보듬어주는 게 있다면 유머와 애정일 것 같았다.

맥주는 다 마시지 못했지만 많은 얘기를 나눴고 셋 다 취했다. 승아와 이나는 택시를 불러서 타고 갔다. 현관문 앞에서 두 친구가 지원을 한 번씩 안아주었다. 그녀들의 품에서 온기가 전해졌다. 친구들이 가고 난 뒤 침묵이 어색해서 라디오를 틀었다. 오늘은 어디에서 잘까, 둘러보다가 소파에 누워 허리를 쭉 폈다. 누군가와 같이 살고 같이 자던 게 오래전 일 같았다.

금요일 낮에 영진의 메시지가 도착했다. 이른 더위 때문에 봄 상품을 정리하고 여름옷을 옷걸이에 거느라 분주한 참이었다.

내일 집으로 갈게. 물건 챙겨올 것도 있고.

지원은 메시지를 확인한 뒤 봄 상품 중에서 세일할 것을 골라 가격표를 덧붙였다.

알았어.

답을 보낸 뒤에도 분류 작업은 계속됐다. 아무 일도 아니라고 생각했지만 손이 느려졌다. 마네킹에 입힌 옷을 간절기용으로 바꾼 뒤에 아이스커피를 진하게 타서 마셨다. 차가운 커피는 올해 들어 처음이었다. 커피를 다 마실 때까지 반복해서 생각했지만 결론은 모르겠다, 였다. 알았어, 라고 답을 보냈지만 어디로 가고 있는 건지, 자신의 마음이 어떤 건지 알 수 없었다.

토요일에 영진은 지원이 퇴근하는 시간에 맞춰 집으로 왔다.

머리가 헝클어진 채로 반바지 차림에 트렁크 손잡이를 잡고 있어서 며칠간 캠핑이라도 다녀온 것 같았다. 지원은 아이스커피 두 잔을 만들어 영진과 자신의 자리에 놓았다.

두 사람은 한동안 각자의 잔 뒤에 숨어 침묵을 지켰다. 잘 지냈느냐, 밥은 먹고 온 거냐. 일상적인 질문도 하지 않았다. 솔직한 대답이 나올 리 없고 잘 못 지낸다거나 끼니를 걸렀다고 해도 해결할 방법이 없었다. 마주 앉아 밥을 먹을 기분이나 상황이 아니었다. 이 문제가 해결될 때까지 당분간 같이 밥을 먹는 일은 없을 것이다. 어떤 식의 결말을 맞이하느냐에 따라 앞으로도 계속. 지원은 이따금 나쁜 예감에 사로잡혔다. 이 관계를 유지할 수 있는 유효기간이 얼마 남지 않았으리라는 느낌이었다. 이혼보다 이혼이 엄습하는 상황이 더 두려웠다. 승아의 말대로 그 흐름을 바꾸려면 용기가 필요할 것 같았다.

두 사람 대신 얼음이 담긴 잔이 차가운 진땀을 흘렸다. 커피를 마시며 지원은 테이블 아래 영진의 맨발을 내려다보았다. 한동안 그 발 때문에 힘들었다. 발이 문제가 아니라 그것을 통해 드러나는 영진의 고집스러움과 무심함 때문에 화가 났다. 발을 미워하는 게 어리석다는 걸 알면서도 거기서 시작된 감정은 온몸으로 번져나갔다.

 마지막으로 싸웠던 날, 월말 마감을 하고 퇴근하면서 지원은 편두통 때문에 한쪽 관자놀이를 꾹꾹 눌렀다. 점심때부터 시작된 두통이 약을 먹었는데도 사라지지 않다가 다시 욱신거렸다. 현관문을 열고 들어서던 그녀는 집 안에 퍼져 있는 냄새 때문에 인상을 구겼다. 너저분한 악취가 일제히 쏟아지며 가라앉았던 두통을 부추겼다. 영진은 반팔 티셔츠와 사각팬티 차림으로 소파에 기대앉아 축구 중계를 보고 있었고 탁자 위에는 배달음식 그릇들이 포개져 있었다. 그는 지원을 보더니 왔어? 하고 화면으로 눈을 돌렸다. 지원은 가방을 내려놓자마자 베란다 창문부터 열어젖혔다.
 - 창문 좀 열고 있어. 냄새나는데 답답하지도 않아?
 - 괜찮은데.
 그는 창문이라는 것의 존재 이유를 모른다는 듯 축구 경기에 정신이 팔려 있었다. 한 사람이 냄새에 민감하고 다른 사람이 둔감하다는 것은 기본적으로 충돌의 가능성을 내포했다. 지원은 소파 위에서 꼼지락거리는 영진의 발을 노려보았다. 이 말을 하면 싸우게 되리라는 걸, 지금 싸우면 쉽게 끝나지 않으리라는 걸 직감하는 순간이 있다. 지원도 타이밍이 좋지 않다는 걸 알았다. 하지만 지저분한 거실과 그 안에 태평하게 앉아 있는 영진이 눈에 박혔고 짜장면 냄새에 섞인 발 냄새가 코를 자극했다. 모른 척해버리자고 다짐해놓고도 뭔가에 홀린 듯 입을 열었다.

- 들어오자마자 발 씻으라니까. 안 씻었지?

예상보다 큰 지원의 목소리에 영진의 얼굴이 일그러졌다.

- 씻었어.

영진의 목소리에 뭔가를 내리누르는 듯 힘이 들어갔다.

- 씻었는데 이런 냄새가 난단 말이야? 나더러 그 말을 믿으라는 거야?

- 회사에서 무슨 일 있었냐? 왜 들어오자마자 짜증을 내고 그래?

- 오빠가 약속을 안 지키니까 그렇지. 바로 씻는다며. 왜 거짓말을 해.

- 그래, 거짓말했다. 안 씻었고 안 씻을 거야. 이제 됐냐?

영진이 소파에서 일어나며 텔레비전을 꺼버렸다. 일주일 동안 냉전 상태로 지내다가 화해한 지 일주일 밖에 안 된 시점이었다. 화해하면서 두 사람은 상대가 엄청나게 잘못한 게 아니라면, 고의로 일을 저지른 게 아니라면 좀 참아주고 기다려주자고 약속했다. 상대를 존중하기 위해 노력하자고, 어떤 것도 이 사랑과 결혼생활보단 중요하지 않다고 결론지었다. 그런데 그 약속이 일주일 만에 같은 지점에서 같은 방식으로 무너졌다. 지원은 원인을 제공하는 영진에게 화가 났고 좀 더 기다리지 못하고 쏘아붙인 자신에게도 화가 났다. 씻어, 이따가. 결혼 이후 줄곧 이어져온 싸움의 테마였다. 부부싸움의 시작이자 종착역, 알파와 오메가, 영영 풀리지 않는 난제였다.

왜 그냥 넘어가지 못했을까. 집 안은 창문을 열어 환기를 시키면 그만이고, 발은 관심 밖으로 밀어내거나 없다고 생각하면 그만인데. 결벽증이 있거나 깔끔을 떠는 편은 아니었다. 결혼하기 전에는 엄마에게 방 좀 치워라, 옷장 정리 좀 해라, 잔소리를 듣고 살았다. 사무실 책상은 팸플릿과 회의 자료 때문에 지저분했다. 같이 일했던 사람들은 지원이 털털하다고 했고 스스로 생각해도 깔끔, 단정과는 거리가 멀었다. 평일에는 일하느라 싱크대에 설거짓거리를 쌓아두고 청소도 제대로 못 할 때가 많았다. 컵에 뭐가 좀 묻어 있어도, 옷에 소스가 튀어도 크게 신경 쓰지 않고 돌아다녔다. 예외적인 부분이라면 냄새에 민감하다는 것과 손발이 지저분한 걸 싫어해서 자주 씻는다는 것 정도였다.

영진이 특별히 지저분하거나 씻지 않는 건 아니었다. 두 사람의 청결도를 항목별로 정리해서 분석한다면 그가 더 정리 정돈을 잘하고 깔끔한 사람이라는 결과가 나올지도 모른다. 다만 그는 집에 오자마자 손과 발을 씻지 않았다. 물을 마시고 냉장고 문을 여닫은 뒤에도 한동안 소파에 앉아 뭉그적거렸다. 자기 전에 씻는 걸 좋아했다.

지원은 참고 기다리다가 한계에 다다르면 영진을 따라다니며 언제 씻을 거야? 안 씻어? 안 찝찝해? 하며 잔소리를 했다. 그러면 영진은 이따가, 이거 하나만 더 보고, 밥 먹고 씻을게, 나중에 샤워할 거야, 하며 다양한 핑계를 늘어놓았다. 깔끔한 사람이 왜 발은 안 씻으려고 할까. 지원은 영진을 이해하기 어려웠다.

영진은 지원이 만난 남자 중에 꽤 괜찮은 인간에 속했다. 친구도, 따르는 후배도 많았다. 남녀를 불문하고 사람들에게 인기가 많았다. 여자들은 성적인 매력보다는 인간적인 매력 때문에 그를 좋아했다. 영진은 그것이 자기 인생의 크나큰 비극이라고 했으나 지원이 보기에는 뚜렷한 강점이었다. 한마디로 그는 괜찮은 남자이자 애인, 남편이었다. 다만 수많은 장점에도 불구하고 집에 들어오면 손과 발을 바로 씻지 않았다.

결혼생활 내내 지원은 누군가를 이런 사람이라고 규정하는 게 얼마나 무모한가, 생각했다. 한 사람은 수천 개의 갈래로 나뉘고 수많은 변수로 이루어진다. 그나 그녀를 잘 안다고 생각해도 그 앎 때문에 오히려 관계 속에서 자주 길을 잃고 좌절하게 된다. 그러다가 뜻하지 않게 보석을 발견할 때도 있지만.

괜찮은 사람이라서 그의 단점은 더 도드라졌고 지원은 그걸 고치고 싶어 안달이었다. 들어오자마자 발부터 씻어. 안 씻을 거야? 빨리 씻어. 애도 아닌데 왜 이렇게 말을 안 들어. 자기 원래 그렇게 더러운 인간이야? 따라다니며 잔소리를 퍼부었다. 그가 미적대지 않고 씻기만 하면 그들 삶에는 어떤 문제도 없을 것 같았다.

영진은 이런저런 핑계를 대며 버티다가 한계점에 다다르면 목소리를 높였다. 그만 좀 해. 너는 나를 바보로 만들어. 눈치 보게 만들고 핑계 대게 만들고. 네 잔소리가 얼마나 끔찍한지 모르지. 네가 그러면 아무것도 하기 싫어, 알아? 그 말을 끝으로 영진은 입과 귀를 닫아버렸다. 누구에게 얘기한 적도 없지만 부부싸움의 원인이 발 닦는 문제 때문이라고 한다면 대부분 어이없어하거나 비웃을 것이다. 그러나 세상에는 발 닦는 문제로 화를 내고 상대가 자신을 무시한다거나 믿지 못한다고 여기고 사랑과 믿음의 근간이 흔들려서 냉전에 돌입한 뒤 이혼까지 생각하는 커플도 있다. 지원은 영진의 발에서 그의 마음을 보았다. 호감을 표현하기 위해 단어를 고르고 꽃을 사서 건넬 때처럼 사소한 일에 계속 핑계를 대고 미루는 행동 속에 자신을 무시하고 이 관계를 우습게 보는 심리가 녹아 있다고 생각했다.

발을 씻는 횟수와 실제 발 냄새가 평균이라거나 하위 몇 퍼센트에 속한다는 통계 같은 건 중요하지 않았다. 부부는 평균이나 수치로 사는 게 아니라 서로를 향한 신뢰와 감정으로 유지되니까. 어떤 문제는 같이 살아보기 전까지는 절대로 알 수 없다. 연애를 오래 하고 데이트를 자주 해도 그의 신발 안 상황까지는 알기 어렵다. 연애가 멋진 신발을 신은 사람과 같이 걷는 거라면 결혼생활은 양말도 벗은 맨발을 보여주는 것이다. 발톱은 어떤 모양으로 생겼으며 발뒤꿈치가 얼마나 갈라졌는지까지도 적나라하게 들켜버리는 것. 그것이 편안함과 친밀감을 가져올 수도 있고 서로를 불편하게 만들 수도 있다.

싸움이 반복되면서 지원은 집에 들어오자마자 발을 닦지

않는 영진이 괘씸한 만큼 너그럽게 기다려주거나 쿨하게 넘겨버리지 못하는 자신에게도 화가 났다. 미움의 크기가 같다고 할 수는 없었지만 무게중심이 이쪽저쪽으로 이동하며 그녀를 괴롭혔다.

오랜만에 영진의 맨발이 지원의 앞에 있었다. 그 발은 다른 기관이 되어버린 듯 낯설었다. 몇 년 동안 옆에서 같이 걷던 발이라는 게 믿기지 않을 정도였다.

4,

 스무 명이 함께한 페스티벌이 끝나고 네 사람이 피크닉에서 돌아온 뒤 두 사람의 데이트가 시작되었다. 지원과 영진은 주말이나 주중에 만나 영화를 보고 밥을 먹고 술을 마셨다. 영화는 최근 개봉작 중에서 취향을 크게 타지 않는 것으로 골랐다. 영화 관람은 데이트에서 다양한 층위를 만들어냈다. 말하지 않아도 되는 시간을 확보하거나 그날의 대화 소재가 될 만한 걸 건져낼 수도 있었다. 영화를 보고 싶어서 극장에 가는 게 아니라 데이트를 하기 위해서 영화를 보는 것에 가까웠다.

 밥이나 술을 먹으며 얘기할 때 시간은 빨리 흘러갔다. 거기에 술기운이 더해지면 두 사람의 거리는 좀 더 가까워졌다. 살짝 떨어져 앉은 채 얘기하다가 술이 좀 들어가면 목소리가 커지고 많이 웃고 팔이나 다리가 닿을 정도로 붙어 앉았다. 술집에서 나오면 손을 잡거나 팔짱을 낀 채 걷기도 했다.

편했지만 감정적인 진도랄까, 관계의 진척이라 할 만한 건 별로 없었다. 잘 보이기 위해 무리하거나 상대의 마음을 떠보기 위해 기 싸움을 벌이는 건 아니었지만 함께 있으면 잘 통해서 기운이 나는 것도 아니었다. 만나는 사람이 있다고 얘기할 순 있었지만 애인이라고 하기에는 끈끈함이 부족했다. 몸의 거리가 아니라 마음의 거리 때문이었다. 스윙댄스의 마법은 약효가 떨어졌고 둘 사이에는 새로운 접착제가 필요했다. 따로 말하진 않았지만 둘 다 그게 무엇일지 고민했다. 두 사람은 활동적인 편이 아니었고 손재주도 없었다. 영진은 운동을 하거나 스포츠 경기 보는 걸 좋아하는데 지원은 스포츠에 관심이 없었다. 등산 좋아해요? 묻고 나서 상대가 별로라고 대답하면 사실 나도 안 좋아해요, 라고 마무리하는 일이 잦았다. 이야기가 끊기거나 침묵이 계속될 때 미묘한 긴장감이 흘렀고 가끔 나는 저 사람을, 저 사람은 나를 왜 만나는지 궁금했다.

어느 날 영진이 출퇴근 시간에 들으라며 지원에게 MP3 플레이어를 선물했다. 새것도 아닌 데다 사양길에 접어든 기계를 주는 이유가 궁금했다. 영진은 어깨를 으쓱하더니 기계가 아니라 그 안에 들어 있는 음악이 진짜 선물이라고 했다. 잘 들을게요, 라고 대답한 뒤 가방 안주머니에 넣었다. 그리고 한동안 잊고 지냈다. 출근길에는 선 채로 이런저런 뉴스를 살펴보고 운 좋게 앉으면 토막 잠을 자느라 음악을 들을 겨를이 없었다. 문득 생각나서 꺼냈을 때는 방전돼서 켜지지 않았다. 충전해야지, 한 뒤로 또 잊었다. 야근이 이어져서 퇴근길이 대체로 기억나지 않았다. 영진이 플레이어를 준 게 일주일 전인지, 보름 전인지도 가물거렸다.

그즈음 지원은 매사에 시큰둥했다. 기대감도 없고 좋은 것을 봐도 감흥이 없었다. 대학 졸업 후 시작한 회사생활이 10년 가까이 되었고 아동복 회사로 옮긴 지는 8년째였다. 키즈 브랜드의 마케팅을 담당하다가 승진과 함께 새로 런칭한 주니어 브랜드 팀으로 발령이 났다. 탄탄하게 자리 잡은 키즈 라인에 비해 주니어 라인은 경쟁력이 떨어졌다. 조금만 고생하면 브랜드나 팀이 자리를 잡을 거라는 기대로 버텼지만 1년 동안 야근과 회의가 이어졌는데도 브랜드의 적자를 멈출 수가 없었다. 일의 보람은 둘째 치고 매출부진 때문에 브랜드를 정리한다는 소문이 회사 안에 유령처럼 떠돌았다.

월요병은 출근하는 모든 날로 번져나갔고 영업 회의, 팀장 회의, 실무자 회의 등 회의라 이름 붙인 질책과 자아비판 시간이 끔찍하게 이어졌다. 그날도 한 달간의 매출 분석표를 가지고 월말 회의를 준비했다. 수요일인데도 길고 긴 평일이 끝나지 않을 것 같았다. 회의를 앞두고 마지막으로 자료를 취합하다 보니 퇴근 시간이 계속 늦어졌다. 깨질 게 뻔한 회의를 위해 기약 없는 야근을 해야 하고 그 때문에 약속을 취소해야 한다는 사실에 짜증이 밀려왔다.

지원은 영진에게 퇴근이 늦어질 것 같으니 다음에 만나자는 메시지를 보냈다. 그런 다음 팀원들과 같이 저녁을 주문했다. 김치볶음밥의 포장을 뜯는데 기다릴 테니 늦게라도 오라는 답이 도착했다. 지원은 길게 한숨을 내쉬었다.

많이 늦을 거예요. 들어가서 쉬어요.

밥을 먹기도 전에 속에 얹히는 것 같은 기분이었지만 묵묵히 참기름 향이 진하게 밴 김치볶음밥을 떠먹었다. 다들 별말 없이 저녁을 먹었다. 영업부 대리가 우스갯소리를 몇 마디 던졌으나 분위기는 돌덩이처럼 바닥으로 가라앉았다.

많이 늦어도 돼요. 천천히 와요.

그릇을 내놓고 나니 영진의 메시지가 와 있었다. 지원은 그럴 필요 없다고, 그냥 가라는 내용의 답을 보내며 어쩐지 이 관계도, 아직 연애가 되지 못한 이 만남도 곧 끝이 나겠다고 생각했다. 휴대폰을 가방 안에 넣었다.

매달 초 영업 실적이 나오면 깨지고 책임을 떠넘기고 감정이 상하고 누군가 그만두는 일이 반복되었다. 일이 힘드니 연애에 기대거나 도피하고 싶기도 했다. 하지만 영진과의 만남은 누군가와 시간을 같이 보낸다는 것 이상의 위안을 주지 못했다.

지원은 뜨거운 커피를 타서 자리에 앉았다. 화면에 마케팅 방안 파일을 띄워놓고 수정했다. 내내 엇비슷한 문구를 들여다보며 고치고 있자니 머리가 지끈거렸다. 가방에서 두통약을 찾는데 MP3 플레이어가 손에 잡혔다. 충전기를 콘센트에 꽂은 뒤 약을 삼켰다.

사무실의 불이 꺼진 건 10시였다. 영업팀 사람 몇은 술을 마시러 간다고 했고 마케팅팀 사람들도 한잔하고 가자는 분위기였다. 바로 집에 들어가도 잠이 오지 않을 것 같았지만 회사 사람들과 마주 앉아 해결책 없는 넋두리를 늘어놓고 싶지는 않았다.

- 먼저 들어갈게요.

지원은 묵례를 한 뒤 회사 문을 등지고 걸어갔다. 한참 걷다 돌아보니 작아진 모습의 사람들이 그 자리에 서 있었다.

분명히 밥을 먹었는데도 허기가 졌고 무언가를 계속 마셨는데도 갈증이 났다. 지나다니며 보기만 한 작은 카페에 들어가 맥주를 주문했다. 맥주는 놀라울 정도로 시원했다. 반쯤 들이켠 뒤 숨을 길게 내쉬었다. 한 병을 다 마시고 나자 속이 좀 가라앉았고 두 병째 마시니 자고 싶다는 생각이 들었다. 인생에서 아주 많은 날들을 의미 없는 일로 흘려보낸 뒤 노인이 되어 카페에 앉아 있는 것 같았다. 남은 건 반병의 맥주와 밤과 새벽뿐인 듯 내일에 대한 기대와 희망이 생기지 않았다. 창밖으로 시간이 빠르게 흘러가버린 것처럼 자꾸 쪼그라들었다.

지원은 가방에서 MP3 플레이어를 꺼내 전원을 켜고 볼륨을 높였다. 영진이 골랐다는 음악이 한 곡, 두 곡 흘러나왔다. 가요와 팝송과 영화 음악, 클래식 연주가 고루 담겨 있었다. 선곡도 좋았지만 이 곡에서 다음 곡으로 이어지는 연결이 절묘했다.

평소에는 영진이 예술적 감각이나 미적인 센스가 부족하다고 생각했다. 무던한 보통 남자 같았고 그런 면에서 공무원이라는 직업과 잘 어울렸다. 그는 '올해의 가수 10'이나 '인기가요 베스트 100'에 나오는 곡만으로도 충분한 세계에 사는 것 같았다. 지원은 언니의 영향으로 '사람들이 잘 모르지만 괜찮은 가수 10'이나 '인기가요에 오르지 않았지만 좋은 노래 100'에 더 열광하는 사람이었다. 그래서 잘 맞지 않는다고 생각했는데 영진이 플레이어에 넣어준 곡들은 지원의 마음과 코드를 간파하고 관통했다.

지원은 선곡의 아름다움에 감동했다. 눈을 감은 채 가만히 음악에 몸을 기댔다. 플레이리스트에 실려 먼 곳까지 흘러갔고 그곳에서 플레이 버튼을 누르기 전의 현실을 바라보니 그림자처럼 아득하고 희미했다. 눈을 떴을 때 카페 안에는 아무도 없었고 구석에서 주인만 하품을 하며 시계를 힐끔거렸다.

버스에 실려 몇 정거장 갔을 때 약속 장소인 카페가 떠올랐다. 두 사람이 만나기로 한 카페는 지원의 회사와 영진의 구청 중간에 위치했다. 어쩌면 영진이 아직 거기 있을지도 모른다는 생각이 들었다. 그런 생각이 어디에 잠복해 있다 튀어나왔는지 모르지만 한번 떠오르고 나니 사라지지 않았다. 갔을 거라고 믿을 때는 아무렇지 않았는데 반대의 상황을 떠올리자 마음이 불편했다. 객관적으로 따져봤을 때 영진이 아직 거기 있을 확률은 매우 낮았다. 그런데도 지원은 버스에서 내려 택시를 잡아탔다. 그가 없다는 걸 확인한 뒤 홀가분해지고 싶은 마음과 아직 거기 있기를 바라는 마음이 뒤섞였다.

밤 11시 무렵의 카페 안에는 진한 커피 냄새와 옅은 술 냄새, 목소리를 높인 수다와 나직한 속삭임이 공존했다. 지원은 카페 안의 사람들을 훑어보았다. 붙어 앉은 연인과 노트북을 켜놓고 일하는 사람과 양복 차림의 사람들 사이에 혼자 있는 남자는 보이지 않았다. 없구나. 진즉에 갔겠지. 메시지를 주고받은 게 언젠데. 실망하려는 마음이 의아해서 스스로를 다독였다. 커피나 한잔 마실까. 빈자리를 찾으려고 두리번거리는데 기둥 뒤에서 누군가 가방과 쟁반을 챙겨 일어났다. 지원은 그 자리에 앉았다. 소파에 어깨와 머리를 기댔다. 맞은편에 헤드폰을 낀 채 앉아 있는 남자가 보였다. 부스스한 머리, 남색 셔츠, 뿔테 안경, 노트북 화면을 보다가 이따금 출입문을 멍하게 쳐다보고 손목시계로 시간을 확인하는 남자. 그러고도 자리에서 일어나지 않는 남자. 지원은 그 남자를 한참 쳐다보았다. 영진이 맞는데 지원이 알던 영진이 아닌 것 같았다. 춤을 추던 영진과 수화를 하던 영진이 달랐던 것처럼 건너편 테이블에 혼자 앉아 있는 영진이 낯설었다. 아는데 모르는 사람 같았다.

저 사람은 왜 기다림을 멈추지 않는 걸까. 왜 계속 기다리고 있다고 알리지 않았을까. 지원은 영진에게 다가가거나 부르지 않고 건너편에서 한동안 그를 바라보았다. 영화나 스포츠 중계를 보는지 그의 미간이 미세하게 움직였다. 사람을 기다리는 일이 기대감과 설렘으로만 채워져 있지 않고 지루하다는 걸 알기에 묵묵한 기다림이 고마웠다. 거뭇거뭇하게 수염이 올라온 턱, 길쭉한 얼굴, 뿔테 안경을 추켜올린 뒤 테이블에 머무는 손, 긴 팔과 넓은 어깨……. 미남이라거나 눈에 띈다고 할 순 없지만 그를 지켜보며 지원은 마음속에서 서걱거리던 무언가가 차분히 가라앉는 느낌을 받았다. 기다리지 말고 그냥 가라는 메시지를 보냈을 때 이 관계가 흐지부지 끝날 거라고 생각했는데 그 예감이 기분 좋게 배신당한 기분이었다.

나이를 먹어갈수록 호감이 반감으로 바뀌는 건 쉬워도 무감이나 비호감이 관심과 애정 쪽으로 돌아서기는 어렵다는 걸 알게 되었다. 영진에 대한 감정은 처음 손을 잡은 봄밤 이후로 미묘하게 가라앉았다. 싫은 건 아닌데 영진이 더 만나자고 하지 않으면 아무 일 없었던 것처럼 원래 자리로 돌아갈 수 있을 것 같았다. 건너편에 홀로 앉아 있는 영진의 허기와 고단함과 외로움이 이쪽으로 건너왔다. 오지 않아도 기다리겠다고 하는 마음과 실제로 기다리는 마음, 기약 없음을 견디는 마음이 어떨지 짐작해보았다.

영진이 빈 잔을 들었다 내려놓는 걸 보고 지원은 메시지를 보냈다.

안녕. 대각선 앞을 봐요.

영진이 노트북 화면과 출입문을 차례로 본 뒤 지원을 쳐다보기까지 몇 분이 걸렸다. 마침내 두 사람의 눈이 마주쳤을 때 지원은 환하게 웃으려고 했으나 순간 울컥 눈물이 났다. 뜻밖의 상황에 영진과 지원 모두 당황했다. 영진은 무슨 일이 있느냐고 물었고 지원은 괜찮다며 손사래 쳤다. 웃으려 애썼지만 계속 눈물이 흘러내렸다. 회사 일에 지쳐서 몇 달 동안 딱딱하게 굳어 있던 마음이 빗장 밖으로 흘러나오는 것 같았다. 영진이 지원의 등을 토닥이다가 팔을 둘러 가볍게 안았다. 지원은 영진의 어깨에 고개를 묻었다.

- 왜 울어요.
- 고마워서 그래요.
- 뭐가 고마워요.

- 기다릴 줄 몰랐어요.
- 기다린다고 했잖아요. 늦게라도 와줘서 고마워요.

주위 사람들의 시선, 카페 안에 흐르던 음악과 소음, 그들을 둘러싼 것들이 모두 지워지는 순간이었다. 둘만 남고 둘만 보일 때, 세계에서 분리된 두 사람이 서로에게 할 수 있는 말은 사랑한다는 고백뿐일 것이다.

5,

 테이블 맞은편에서 영진이 머그잔을 내려놓았다. 면도를 하지 않은 얼굴이 거뭇했다.

 - 일주일 동안 생각해봤는데…….

 지원은 고개를 들어 영진을 보았다. 그가 무슨 말을 하든 놀라지 않을 준비가 되어 있었다.

 - 솔직히 말하면 나는 자신이 없다.

 영진은 지원을 보지 않고 고개를 숙였다. 그 말이 자신의 입에서 나온 것 같아서 지원도 입술을 꾹 깨물었다.

 지원과 영진이 알면서도 자주 잊어버리고 간과하는 것이 있다. 서로를 바꿀 수 없다는 사실. 상대의 치명적인 단점을 바꿀 수 없다는 것. 일시적으로 변하게 하거나 영향을 줄 수는 있지만 완전히 바꿀 순 없다는 것. 그래서 사람들은 우선 자신을 바꿔보려고 노력한다. 상대의 단점 때문에 화내거나 싸우는 것보다 이 관계를 유지하는 게 더 중요하다고 판단하는 순간 그 단점을 외면하거나 있는 그대로 받아들이려고 애쓰는 것이다.

그러나 자신을 바꾸는 것도 어렵다. 우리는 쉽게 바뀌지 않는다. 그러면서 이 문제로 다시 싸우지 않을 자신도 없다. 둘 다 바꿀 자신이 없다. 그래서 변화라는 카테고리 안에 사랑이 끼어들 자리를 남겨두지 않는다. 사랑에 기대는 순간 문제가 더 복잡해지기 때문에 피해간다. 나 사랑해? 나 사랑하는 거 맞아? 사랑하지 않으니까 이러는 거지? 묻거나 매달리는 건 자존심 상하고 문제를 회피하거나 복잡하게 만드는 것 같아서 사랑 자체를 거세해버린다. 결혼생활은 사랑 위에 세워지지만 어떤 문제로 감정이 상해서 대립할 때 사랑은 저 너머로 날아가버리거나 훼손 방지를 위해 다른 곳으로 피신한다.

그동안 지원과 영진은 서로에게 너는 왜 이렇게 변했느냐고, 이런 부분은 왜 변하지 않느냐고 수없이 물음표를 들이댔다. 때로는 소리 지르고 애원하고 협박하며 자신과 자꾸 부딪치는 이 부분을 바꾸라고 요구했다. 그러면 상대는 나에게 바꾸라고 강요하는 그 자세부터 고치라고 받아쳤다. 두 사람의 돌림노래는 끝나지 않고 계속되었다. 이 노래를 멈추기 위해서는 악보를 찢어버리거나 이 공간에서 뛰쳐나가야 한다고 생각하는 순간이 늘어났다. 그러니 자신이 없다는 영진의 말과 지원의 공감은 비겁함보다 솔직함에 가까웠다.

남은 커피가 말라붙을 정도의 시간이 흘렀다. 지원은 바닥의 얼룩을 멍하게 내려다보다가 무겁게 입을 열었다.

- 자신이 없는 건 나도 마찬가지야.

자신이 없다는 말은 너를 사랑하지 않는다는 말보다 더 정확한 표현이었다. 두 사람은 그 사실을 인정함으로써 이혼이라는 국면에 좀 더 다가섰음을 인정했다. 그동안 싸우다가 감정이 격해지면 이혼 얘기를 꺼내거나 냉전이 길어질 때 이혼 카드를 던지던 것과는 달랐다. 이혼이라는 말을 하지 않음으로써 두 사람은 이혼에 가까워졌다.

이별 결정은 덤덤했다.

- 이 신발 어때? 좀 낡은 거 같지 않아?

- 그러게. 많이 낡았네.

- 네가 보기에도 그렇지?

마주 서서 서로의 신발을, 앞코와 밑창과 뒤축을 쳐다보다가 버리고 새 신발을 사기로 결정하는 것처럼 순순히 합의에 이르렀다. 신던 신발을 벗어서 내다 버리기까지 시간과 결단이 필요하겠지만 5년 전에 결혼하기로 결정했던 것처럼 헤어지는 일에도 의견을 같이했다. 고민하고 마음을 정하기까지 과정이 어떠했든 마주 앉은 순간에는 언성을 높이거나 얼굴을 붉히지 않고 덤덤하게 얘기했다. 지원과 영진은 이따금 서로의 얼굴을 쳐다봤지만 눈이 마주치면 자연스럽게 시선을 피했다. 이별이나 이혼에 대해 말할 때 어떤 태도를 취하는 것이 좋은지 알 수 없었다.

지원은 빈 머그잔을 꼭 쥐었다. 이혼 문제를 이렇게 쉽게 결정해도 되나, 하는 염려와 고민한다고 뭐가 달라지나, 같이 있는 게 힘들고 서로에게 상처를 준다면 헤어지는 게 맞지, 하는 체념이 동시에 들었다. 이 합의가 드레스와 턱시도를 차려입은 채 많은 사람들 앞에서 우리는 사랑하는 사이고 평생 함께하겠노라 선언하던 그 장면을 훼손하는 거라고 여기지 않기로 했다. 결혼이 사랑하는 사람과 같이 살면서 행복해지려고 했던 거라면 이혼에 대한 고민도 앞으로의 행복을 위해서 하는 것이다. 당사자인 두 사람이 그렇게 하는 게 좋겠다고 합의하는 순간 타당한 일이 된다. 물론 이유를 불문하고 지원이 이혼했대, 누군가 말하고 옮길 때 부정적인 궁금증과 억측, 짐작을 몰고 오리라는 건 뻔했다. 다른 사람의 이혼 소식을 접했을 때 지원도 그랬으니까. 입방아에 오르거나 안됐다는 시선을 받을 걸 알면서도 그 일에 과감히 뛰어들려고 하는 건 그러는 편이 더 낫다고 판단해서다. 남은 날을 지금보다 더 행복하게 살고 싶다는 욕망 때문에 삶의 방향을 바꾸려는 것이다.

- 네가 잘해보려 했던 거 알고 나도 나름대로 노력했는데…… 많이 부족했던 것 같아. 미안하다, 이렇게 돼서.

영진은 두 손으로 얼굴을 문질렀다.

- 나도 미안해. 결국 이렇게 돼서.

두 사람의 목소리와 대화와 분위기는 냉전의 시간을 오래 거친 다음 화해할 때와 비슷했다. 격앙된 목소리로 이렇게 된 건 다 너 때문이라고, 네가 아니었으면 이렇게 되지 않았을 거라고 탓하며 소리를 지르지 않는 것만으로도 괜찮게 살아온 거겠지. 미워해, 가 아니라 미안해, 라고 말할 수 있어 다행인 거겠지. 영진의 사과가 진심으로 다가와 미안해졌고 그 말의 여운 때문에 코끝이 찡해졌다.

- 이제 어떻게 해야 할까.

─ 하나하나 차근차근 정리해나가야겠지.

얼굴에서 손을 뗀 영진의 눈가도 붉었다.

예전에도 두 사람은 비슷하게 묻고 대답한 적이 있었다. 이제 우리는 어떻게 해야 할까. 사랑하는데, 보고 싶은데, 집에 가기 싫은데 어떻게 해야 할까. 대답은 하나였다. 결혼하면 되지, 우리 결혼하자. 그다음에도 보고 싶고 헤어지기 싫은데 어떡하지, 라고 물으면 결혼을 앞당기자, 빨리 결혼하자는 말로 결론지었다.

사랑에 빠져서 결혼이라는 목적지를 향해 갈 때도, 상견례와 결혼 준비를 해나갈 때도 두 사람은 그 말에 기댔다. 그때 고민이나 질문은 모두 결혼이라는 묘약으로 해결 가능했다. 그런데 이제는 어떻게 해야 할까, 라는 질문에 뭐라고 대답해야 할지 몰라 둘 다 길게 침묵했다.

눈을 뜨자마자 시계를 보고 허둥대던 지원은 일요일이라는 걸 깨닫고 동작을 멈추었다. 일요일에 매장 문을 닫는 건 개점 초에 정해둔 규칙이었다. 매출의 노예가 되어 주말과 휴일에도 일하다가 매장에서 과로사하고 싶진 않았다. 5년째 그 규칙을 따르면서 초기의 결정이 불만스럽다거나 바꾸고 싶다고 생각한 적은 없었다. 그런데 이번엔 달랐다. 이혼에 대해 얘기하고 난 다음 날이 일요일이라는 사실이 반갑지 않았다. 하루 쉬어서 다행이라는 생각보다 매장에 나가서 일하는 게 낫겠다는 마음이 앞섰다. 일요일에 영진이 출장이나 연수에 참석해서 혼자 보낸 적도 있고 싸워서 온종일 따로 지낸 적도 있었는데 그때와 달리 벽 앞에 선 듯 막막했다. 한 시절이 지원의 의지와 상관없이 눈앞에서 문을 닫아버린 듯했다. 숨을 쉴 때마다 머리가 무지근했다. 집 안의 공기를 바꾸고 싶은데 공기청정기의 버튼을 누르는 것 외에는 방법이 없었다.

지난 저녁 테이블에 마주 앉았던 두 사람은 일주일 뒤에 다시 만나기로 했다. 이후 행보는 합의한 내용을 문서화하는 작업이 될 터였다.

- 중간에 마음이 변하면…… 언제라도 얘기하자.

영진은 자신의 말이 진심이라는 걸 강조하려는 듯 지원의 눈을 쳐다보았다.

- 그래.

마음이 변하면, 에서 마음은 영진에 대한 지원의 마음이자 지원에 대한 영진의 마음, 이혼이나 결혼생활에 대한 각자의 마음일 것이다. 영진이 변했다고 털어놓을 경우 그에 대처해야 하는 지원의 마음도 있으니 두 사람의 마음인 것 같지만 결국 자신의 마음이 어떤지 들여다보자는 얘기였다. 영진의 눈을 보며 지원은 고개를 끄덕거렸다.

영진은 방에 들어가 트렁크에 옷과 물건을 챙겼다. 지원은 열린 방문 사이로 그가 움직이는 것을 지켜보았다. 우리는 스스로를 바꿀 자신이 없어서 헤어지는 데 합의하지만 후회하게 될까 봐 두려워할 정도로 연약하다. 제 마음을 알 수 없고 자신할 수 없어 상대에게 솔직하게 얘기해달라고 당부한다. 사소한 감정의 변화가 존재와 관계 자체를 바꿔버릴 수 있다는 걸 알기 때문에 이 결정이 일시적인 감정의 영향 속에서 이루어진 건 아닌지 의심해봐야 한다. 책임의 끈을 나누어 쥐려는 노력이 구차하게 느껴지지만 어쩔 수 없다.

현관문을 열고 나가면서 영진이 차는 내가 가져갈게, 라고 했다. 지원은 이번에도 고개를 끄덕거렸다.

매장에 나가지 않아도 된다는 걸 깨달은 순간 몸과 마음은 익숙한 방식에 기대길 원했다. 지원은 결계가 풀린 것처럼 노트북을 들고 침대로 갔다. 수면 등을 켜놓은 뒤 새로운 드라마를 골라 1회부터 보기 시작했다. 한 회가 끝나면 다음 회, 그다음 회를 클릭했다. 연이어 볼 때는 감각이 무뎌지는데 화면을 닫고 현실로 돌아오면 머리가 지끈거렸다. 화장실에 갈 때를 빼놓고는 종일 침대와 소파를 오가며 드라마만 봤다. 인물들의 사연과 사건이 드러날수록 지원의 하루는 짧아졌다. 드라마가 중반으로 접어들었을 때 일요일은 사라졌고 새벽이 되었다. 노트북만 옆으로 밀어둔 채 침대에 누웠다.

휴대폰의 알람 소리가 꿈결처럼 희미하게 울리다 점점 현실로 다가왔다. 졸음이 축축하게 몸에 들러붙었다. 이대로 계속 자버리고 싶다는 생각에 다시 눈을 감았다. 어렴풋이 비 내리는 소리가 들렸다. 일요일에는 차라리 일을 하는 게 낫겠다고 생각해놓고 월요일 아침에는 하루 쉴까, 아파서 못 나간다고 할까, 고민하는 자신이 한심했다.

지원은 무거운 몸을 이끌고 욕실에 들어가 샤워기를 틀었다. 눈을 꼭 감은 채 한동안 따뜻한 물줄기 아래 서 있자 몸과 마음이 물컹해지며 어떤 부분이 찬찬히 녹아내렸다. 영진이 짐을 싸서 나간 뒤 처음으로 소리 내어 울었다. 울음소리가 물소리에 내려앉았다. 딱딱하게 뭉치고 굳어 있던 감정들이 비누처럼 물러지고 풀어졌다. 다 녹아버릴 때까지 울고 싶다고 생각하며 샤워기 아래 서 있었다. 눈물과 울음소리가 배수구로 빠져나갔다.

간밤에는 진흙탕 속을 휘젓는 것처럼 나쁜 기억, 나쁜 장면만 떠올랐다. 드라마를 보는 동안 침전물들이 살짝 가라앉았다가 잠깐 딴생각을 하면 물 위로 올라왔다.

영진은 화를 잘 내는 편이 아닌데 한번 나면 들판에 난 불처럼 걷잡을 수 없었다. 일단 불이 붙으면 그는 속에 담아두었던 땔감을 꺼내 계속 벽난로에 집어 던졌다. 60퍼센트 정도가 지원과 관련된 것들이었고 20퍼센트는 양가 어른들, 나머지 20퍼센트가 직장과 그의 인간관계에서 나왔다. 그때마다 지원은 그 안에 그토록 많은 화가 쌓여 있었다는 것에 놀랐다. 그때그때 비우며 지내라고 해도 그는 불만과 무시, 압박, 피곤, 굴욕, 기분 나쁨, 자존심 상함을 한계치까지 모아두었다.

이사하고 얼마 안 됐을 때 언니와 엄마가 놀러 온 적이 있다. 두 사람은 욕실 등과 환풍기 끄는 걸 깜박하고 물건을 제자리에 놓지 않는 영진의 습관에 대해 각자의 방식대로 한마디씩 했다. 영진은 뒷머리를 긁적거리며 웃었고 대수롭지 않다는 듯 넘어갔다. 한참 지나서 영진이 또 욕실의 등과 환풍기를 끄지 않은 걸 보고 지원이 건망증 얘기를 꺼내자 그는 벌컥 소리를 질렀다. 그의 입에서는 이번 일뿐만 아니라 지난번 것, 그전의 것, 언니와 엄마에 대한 불만까지 쏟아져 나왔다. 그는 체한 사람처럼 화를 토해냈다.

영진이 화를 내면 지원은 그의 입과 눈과 몸과 손이 식을 때까지, 불이 꺼져 평온해질 때까지 가만히 옆에 앉아 있거나 이런저런 말로 위로했다. 가끔은 생각이 짧아서 그랬다며 용서를 구하기도 했다. 절반의 진심과 절반의 양보가 만들어낸 행동이었다. 모두 사랑에 기반을 둔 것이었고 이 관계와 생활을 유지하겠다는 의지가 담겨 있었다.

지원은 그와 달랐다. 자주 불이 붙고 금세 꺼지고 특별한 경우가 아니면 지나간 자리에 흔적이 남지 않았다. 그래서 영진이 화를 내면 종종 억울했고 그가 쌓인 화를 그때그때 풀었으면, 하고 바랐다. 물론 영진도 자주 화를 내고 금세 풀고 또다시 화를 낸 다음 헤헤 웃는 지원을 이해하지 못했다. 너는 모든 게 참 쉽구나. 종잡을 수 없는 기분파라고 몰아붙였다. 그럴 때 영진의 얼굴은 모르는 사람 같았다. 화가 난 얼굴과 말투와 낯설게 바라보던 그 표정이 떠오르니 마음이 어지러웠다. 왜 화를 내던 모습만 떠오르는지 알 수 없었다.

지원은 부은 눈을 살펴보다가 안경을 꺼내 썼다. 비가 내리고 있었다. 오래 가문 뒤에 내리는 반가운 비였다. 운동화 끈을 꽉 잡아맨 뒤 긴 우산을 챙겼다. 신발이 젖을 걸 알면서도 보폭을 크게 하며 걸었다. 정류장으로 걸어갈 때도, 매장에 도착해서 커피를 마신 뒤에도 비는 계속 내렸다. 시원하게 쏟아지는 비는 아니었지만 차분하게 대기와 가로수와 도로를 씻어 내렸다.

일기예보가 보여주는 월요일의 날씨는 온종일 비였다. 비 내리는 풍경을 보고 있으면 언젠가 이 비가 그칠 거라는 걸 알면서도 이렇게 내리는데 정말 그친다는 게 믿기지 않을 때가 있다. 언제까지나 내릴 것만 같다. 뉴스에서는 비가 그친 뒤 이른 더위가 밀려올 거라고 했다. 여름은 매년 조금씩 빨리 찾아왔다.

비 오는 날에는 매출이 뚝 떨어지는데 다행히 세일 상품으로 내놓은 옷이 몇 벌 팔렸다. 영진과 다시 얘기하겠지만 이번 달부터 생활비가 분리될 것이다. 생활비 통장에 돈을 넣지 않은 채 각자 생활하고 아마도 공과금은 지원이, 대출금은 영진이 내게 될 것이다. 이번 토요일에 두 사람은 함께 해오던 걸 나누는 문제에 대해 얘기하기로 했다.

예령과 점심 메뉴에 대해 얘기하고 있는데 언니가 예고도 없이 매장 문을 열고 들어섰다. 승아가 이혼에 관한 얘기를 흘렸거나 집에 무슨 일이 생긴 게 분명했다. 그렇지 않고서야 연락 없이 나타날 사람이 아니었다. 메뉴를 고르고 있었지만 지원의 머릿속에 밥 생각은 별로 없었다. 앞으로는 매장 수입만으로 살아야 하니 지금보다 매출이 더 늘어야 하고 그러려면 공격적인 마케팅 방안이 필요하다. 생업에 좀 더 매진할 것. 그런 생각만으로도 머릿속이 복잡했다.

— 이 사장, 잘 지냈는가?

언니는 한쪽 팔을 들고 장난스럽게 인사했다. 예령이 지원보다 반갑게 맞이했다.

사람들은 언니를 처음 만나면 직설적인 화법에 당황했지만 정이 많고 겉과 속이 같은 인간이라는 걸 알고 난 뒤에는 격의 없이 좋아했다. 지원은 두 사람이 요란하게 인사를 주고받는 걸 멀뚱히 쳐다보았다.

— 비도 오는데 웬일이야?

오랜만에 보는 언니가 반가우면서도 말이 퉁명스럽게 나갔다.

— 요즘 너무 조용해서, 매장 문 닫았나 싶어서 와봤지.

언니는 매장을 한번 둘러본 뒤 지원의 얼굴을 쳐다봤다.

— 안경은 왜 썼냐? 얼굴은 왜 그렇게 부었어? 어디 아파?

― 그냥 썼어. 아픈 데 없어. 얼굴 붓는 게 뭐 하루 이틀이야.

지원은 시선을 피하며 노트북을 덮었다.

언니는 출판사 직원을 만나러 나온 김에 들른 거라고 했다. 집에도 통 안 오고 전화도 없어서 어떻게 지내는지 궁금하더라고, 우리 가족이 무심한 편이어도 너무 뜸한 거 아니냐며 따지듯 물었다.

영진과 싸우고 나서 어영부영 2주가 흘렀다. 그간 둘의 문제, 감정의 삐걱거림, 자책과 원망이 키를 높인 들판에 서 있느라 다른 건 둘러보지 못했다. 뒤에 누가 서 있는지, 옆으로 누가 지나가는지, 발을 디디고 있는 곳도 제대로 내려다보지 못한 채 맥없이 지냈다. 하루하루가 흔적도 남기지 않은 채 손가락 사이로 빠져나갔다. 친구들이 집에 왔던 날을 빼곤 기억에 남는 게 없었다. 이따금 배고픔이나 속 쓰림처럼 슬픔이 밀려왔다.

예령이 은행에 간 사이 언니는 집에서 일어난 소소한 일들에 대해 이야기했다. 아빠와 엄마는 어제 부부 동반 모임에 다녀온 다음 옷을 갈아입다가 싸웠고 지난주에는 아는 분 딸 결혼식에 갔다 온 뒤 기분이 상해서 말다툼을 했다.

― 내가 원흉이지. 좌우지간 눈에 띄질 말아야 해. 작업실 얻

어서 나가려고. 임대료 아끼겠다고 집에 붙어 있다가 험한 꼴 많이 본다.

언니는 40년이 넘도록 서로에게 번번이 기대하고 실망하는 두 사람의 열정이 신기하다고 했다. 그만큼 같이 살았는데 어쩌면 그렇게 서로를 모를까. 지원도 예전에는 언니처럼 생각했지만 요즘은 티격태격하면서도 결혼생활을 40년간이나 이어간 두 사람이 대단하게 느껴졌다.

빗발이 굵어졌다. 두어 시간밖에 못 자서 속이 울렁거렸지만 모처럼 온 언니에게 맛있는 걸 사주고 싶었다.

- 뭐 먹을까.

- 비 오는데 시켜 먹자.

언니가 늘어지게 하품을 했다. 지원은 서랍에서 배달 음식점 전단을 꺼냈다.

- 난 청국장.

언니는 한 치의 망설임도 없이 메뉴를 골랐다. 옷에 묻은 비를 털어내며 매장으로 들어서던 예령은 아무거나 좋다고 했다.

- 이런 데서 청국장 시키는 건 무슨 악취미야.

지원은 매장이나 판매할 옷에 냄새가 밸까 봐 걱정됐다. 날도 꾸물거리는데 손님들이 매장 문을 열고 들어설 때 청국장 냄새가 나면 기분이 유쾌할 리 없었다.

- 청국장 냄새가 무슨 접착제냐, 붙어서 안 떨어지게. 문 열어놓으면 다 빠져. 이런 날이야말로 청국장이지.

언니는 깔끔하지도 않은 애가 옛날부터 냄새 가지고 잔소리하면서 사람 피곤하게 한다느니, 속이 꼬였다느니 하면서 지원을 타박했다. 평소 같으면 언니의 흠을 잡아 응수했겠지만 듣다 보니 정말 나에게 문제가 있나, 속이 꼬인 건가, 평소에도 은연중에 주위 사람들에게 까칠하게 굴었나 돌아보게 되었다. 오랜만에 언니에게 맛있는 걸 사주고 싶은 마음과 언니가 고른 게 기호에 맞지 않는다고 쏘아붙이는 마음의 간극은 어디서 생기는지 알 수 없었다.

지원이 멍하게 있자 언니가 알았어, 딴 거 먹으면 되잖아, 하면서 메뉴판을 가져갔다.

- 그냥 청국장 먹어.
- 왜 이래. 구박과 냉대 속에서 먹고 싶은 마음 없어.
- 생각해보니까 청국장이 맛있을 것 같아서 그래.
- 거짓말도 더럽게 못하네. 이건 속으라는 거야, 말라는 거야.

지원은 울 것 같은 기분인데 언니와 예령이 소리 내어 웃었다. 진짜라고 몇 번이나 우긴 뒤에야 청국장과 된장찌개, 김치찌개를 주문할 수 있었다.

문을 열어놓고 빗소리를 들으며 음식을 먹었다. 지원은 이 찌개와 저 찌개를 한 숟갈씩 푹푹 떠서 밥그릇에 넣고 비볐다. 간신히 일하러 나오긴 했지만 입맛이 없고 속도 울렁거려서 내내 토할 것 같았다. 누굴 만나 얘기하고 싶지도 않고 뭘 먹고 싶은 마음도 없었다. 그런데 둘러앉아 밥을 먹고 얘기를 나누는 동안 싫던 마음이 그저 그런 상태가 되었다. 청국장의 냄새 같은 건 금세 잊어버렸다.

언니와 예령은 지원이 잘 모르는 만화 얘기를 하며 낄낄거렸다. 둘을 보며 지원은 자신에 대해 생각했다. 누군가를 배려한다고 생각하던 순간에도 사실은 내 일이나 감정에만 신경 쓰며 지냈던 게 아닐까. 이기적이라거나 함부로 대한다는 의식조차 없이, 배려하기로 마음먹었다는 최초의 다짐에 기대어. 두 사람도 옆에서 자신을 참아주며 지냈겠다고 생각하니 미안함이 앞섰다.

커피를 마신 뒤 언니는 영화를 보러 갔다. 원고를 마감했으니 방탕하게 놀아보겠다며 어깨를 들썩거렸다. 오전에 세일

상품을 몇 개 판매한 뒤로 손님이 없었다. 지원은 매출 현황을 살펴보며 매장과 매출을 활성화할 방법에 대해 고민했다. 생각이 자꾸 다른 곳으로 달아났으나 붙잡아 데려왔다. 스스로 벌어먹고 살아야 하는 사람에게는 개인의 상황이나 감정에 빠져 허우적대는 게 사치인 순간도 있다. 가끔은 휴일에도 밀린 일거리를 처리해야 하고 여행지에서도 월세와 공과금에 대한 걱정을 지우지 못한다. 어른으로 산다는 게 고단하지만 현실을 피해갈 수도 없다.

언니는 매장을 닫을 때쯤 돌아왔다. 하룻밤 자고 갈 거라며 지원의 어깨에 팔을 걸쳤다. 고등학생이 되면서 지원의 키가 더 커졌는데도 어릴 때 버릇을 버리지 못한 채 언니는 종종 지원의 어깨에 팔을 올렸다. 5센티미터쯤 작은 언니가 팔을 치켜들며 어깨동무를 할 때마다 시간이 많이 흘렀다는 걸 실감했다. 어릴 때는 언니를 졸졸 따라다니면서 팔에 매달리고 같이 놀자고 졸랐는데 어느새 언니보다 키가 더 크고 먼저 결혼을 했고 마흔이 다 되었다. 어깨에 팔을 두르며 자고 가겠다는 걸 보니 뭔가를 알고 있거나 할 얘기가 있는 게 분명했다.

- 그래, 자고 가.

지원은 가슴께로 내려온 언니의 손을 잡고 흔들었다.

언니가 없었다면 어땠을까. 인생의 어떤 순간에 접어들 때마다 그런 가정을 해봤다. 결론은 사는 게 심심했겠지, 인생의 많은 부분에 대해 모르고 지나갔을 거야, 로 모아졌다. 점점 더 언니가 있다는 게 행운이라는 걸 알게 되었다. 언니는 지원이 자신의 세계를 만들어가는 데 가장 큰 영향을 끼친 사람이었다. 현지인 가이드처럼 해가 바뀔 때마다 새로운 학년과 학교의 삶에 대해 알려주었고 선진 문물을 전수하듯 좋은 노래와 영화를 소개해주고 들려주고 보여주었다. 저만치 앞서가다가 가끔 뒤를 돌아보며 지원에게 무언가를 건넸다. 인생에 그런 존재가 있다는 게 축복이라는 걸 어른이 되면서 절실히 깨달았다.

부부싸움을 해서 연달아 두 끼쯤 굶고 나면 언니랑 낄낄거리며 끓여 먹던 라면, 튀김을 버무린 떡볶이, 손으로 뜯어 먹던 족발과 감자탕이 떠올랐다. 결혼도 언니가 먼저 해서 이럴 때 조언해주고 맞장구치고 같이 욕할 수 있으면 좋았을 텐데. 싱거운 연애만 몇 번 한 뒤 공부와 번역으로 옮겨간 게 야속했다.

물론 결혼 여부와 상관없이 부부의 문제를 다 털어놓기는 어려웠고 어떤 해답을 얻을 수도 없었다. 누구에게 물어볼 수 있을까. 이런저런 문제에도 불구하고 부부가 계속 같이 살아가는 이유에 대해. 다투고 화해하고 상처 입으면서도 다시 사랑에 빠지고 또 싸우고 피투성이가 되며 사는 이유에 대해. 누가 답해줄 수 있을까. 이토록 오래됐지만 여전히 어려운 인간의 관계에 대해.

- 어디서 무슨 얘기를 듣고 와서 이러는 거야? 승아가 뭐라고 했어?

- 물어봐도 가르쳐주질 않잖아. 그냥 힘든 일이 있다고만 하고. 오늘 다 밝혀버릴 테니까 그런 줄 알아.

영진과 연애를 시작할 때도, 결혼을 결심할 때도 언니에게 제일 먼저 알렸다. 이번에는 순서를 못 지켰지만 이제 털어놓을 시간이었다.

- 그래, 오늘 다 밝혀봅시다.

- 술부터 사 와야겠다.

- 그냥 가. 냉장고에 술 많아.

화요일의 여자들을 위해 사둔 맥주가 아직도 남아 있었다.

이혼 얘기가 오가면서 종종 승아 생각이 났다. 4년 전에 혼자 고민하고 결정하고 이혼한 뒤 지금의 자리로 천천히 옮겨온 친구. 섣불리 나섰다 상처를 주게 될까 봐 제대로 챙기지도, 돕지도 못했다. 이따금 진행 상황을 듣게 되면 힘들겠다고, 서류 정리했다는 말에는 고생했다고 했을 뿐이다. 시간과 물질과 감정을 나누는 일이 얼마나 고통스럽고 외로운 것인지 짐작조차 못 했다.

그때 승아는 이혼한 사람들에 관한 기사나 책을 찾아 읽었다고 했다. 요즘 이혼 많이 한다고, 돌싱이 대세라고 해도 막상 주변에서 이혼한 사람을 만나는 건 쉽지 않았다. 그렇다고 이혼 관련 모임에 가입해서 신세 한탄하고 맞장구치고 만나서 술을 마시다 엮이는 것도 내키지 않았다. 별일 없는 척 규칙적으로 생활했고 가끔은 전남편이나 이혼에 관한 얘기를 농담의 소재로 사용해가며 지냈다. 그래야 그 일에서 벗어나 정상궤도에 진입할 것 같았다. 하지만 상처가 없고 멀쩡해 보이는 사람들 사이에 있으면 어쩔 수 없이 외로워졌다. 그 외로움은 같은 종류의 아픔을 겪은 사람에게 자신의 상처를 보여주며 위로를 받고 싶은 마음과 한편으로는 그런 사람들과 멀리 떨어져 지내고 싶은 마음 사이에서 생겨났다.

그때 승아는 어떤 게 제일 힘들었을까. 어느 부분을 견디는 게 어려웠을까. 요즘 지원은 매 순간 자신이 형편없는 사람이 되었다는 느낌에 직면하고 빠져드는 게 괴로웠다. 평범한 사람들이 만나 서로의 특별함을 알아보고 세상에 둘뿐인 것 같은 마음이 될 때 사랑에 빠진다면, 둘이 함께 지내고 싶다는 열망이 강해질 때 결혼한다. 그리고 서로에게 가장 형편없는 사람이 되었을 때 헤어지게 된다. 지원이 생각하는 이혼이란 그랬고 자신이 거기 서 있었다. 핏대를 세우며 소리치거나 삿대질하며 할퀴거나 물어뜯지 않아도, 돈과 시간을 들여 소송하지 않아도 이혼은 마음에서 진행된다. 조심스레 상대의 의견을 묻고 자신의 생각을 얘기하면서 조율해나가도 서로에 대한 마음이 빛을 잃고 마모되었다는 점은 변하지 않는다. 점잖게 말하며 배려해도 서로에게 형편없는 사람이 되었다는 점은 달라지지 않는 것이다.

모임 다음 날 승아는 자신이 모았던 기사 여러 개를 보내주었다. 이 기사들을 읽으며 마음을 다스리고 용기도 얻었다고 했다. 지원은 링크들을 하나씩 열어보았다. 한 편이 눈에 띄었다. 거기에는 삶에서 가장 큰 실패가 이혼이 아니라 이후에 행복해지는 걸 스스로 거부하는 태도라고 쓰여 있었다. 필자는 이혼 뒤 우울증을 앓다가 여행을 떠났다. 그 여행길에서 현재의 남편을 만나게 되었고 새로운 사랑을 통해 인생의 교훈과 행복을 얻었다. 덕분에 첫 결혼과 이혼에 대해 후회하지 않을 수 있었다. 그 일들을 통과하지 않았다면 두 번째 결혼이 없었을 테니까. 지원은 다시 누군가와 결혼해서 산다는 것을 상상할 수 없었지만 어떤 종류의 평화와 행복은 실패를 지나가야만 얻을 수 있다는 점에 공감했다.

이혼에 있어서는 승아가 언니 역할을 해주는 셈이었다. 언젠가는 인생의 언니들에게 빚을 갚을 날이 오겠지. 그녀들이 즐거울 때나 괴로울 때만이 아니라 앞으로 나갈 때 슬쩍 등을 밀어주고 싶었다.

언니는 앉은 채로 호기롭게 맥주 한 캔을 비우더니 두 번째 캔은 드러누운 채로 천천히 마셨다. 다 밝혀내겠다고, 중간에 술이 떨어지면 분위기 망친다고 큰소리치더니 하품을 하며 노화 타령만 했다.

— 내가 얼마나 늙었냐면 원고 보내고 그 영화 꼭 봐야지, 벼르고 별렀는데 아까 몇 번이나 졸았다니까. 30대 때는 밤새우고도 말똥말똥한 눈으로 집중해서 봤는데 말이야.

— 거짓말 좀 하지 마.

— 어허, 거짓말이라니. 넌 언니가 늙어간다는데 슬프지도 않냐. 피도 눈물도 없는 것.

언니의 노화 타령은 정신적 측면에서 한참 더 이어졌다. 세 살 차 언니가 아니라 서른 살 차 이모 같았다.

- 피곤하면 누워서 잡시다.

지원은 거실에 요를 나란히 깔았다. 언니는 더 버틸 수 있다고 고집을 부리다가 마지못해 누웠다.

- 그래. 우리에게 오늘만 있는 건 아니니까.

얼굴을 보며 얘기할 때는 용기가 나지 않았는데 불을 끄고 눕자 말할 수 있을 것 같았다. 언니가 얼마나 알고 왔느냐보다 지금 털어놓을 수 있느냐가 더 중요했다. 지원은 얘기하고 싶었고 지금이 적당한 타이밍 같았다. 어둠 속에서 천장을 쳐다보다가 나 이혼하려고 생각 중인데, 말을 꺼내자 언니가 흠, 하고 대꾸했다.

같은 방을 쓰던 시절, 한 침대에 누워 잠들거나 바닥에 요를 깔고 나란히 누워 잘 때면 지원은 어둠 속에서 자주 고백의 말을 꺼냈다. 오래 같이 지내다 보니 언니의 숨소리나 콧소리, 미동만으로도 자는지 안 자는지, 막 잠들려고 하는지 깊이 잠들었는지 알 수 있었다. 언니가 안 자고 뒤척이면 안 자는 거 맞지? 하고 말문을 열었다. 대학생이 되어서 처음 사귄 남자친구와의 연애 얘기도, 눈물 펑펑 쏟으며 매달렸던 이별 얘기도 달빛이 희미하게 새어 들어오는 천장을 보며 털어놓았다.

　언니는 지원이 무슨 얘기를 해도 놀라는 법이 없었다. 야단치거나 그건 네가 잘못했네, 라고 하지도 않았다. 지원이 머뭇거리며 얘기를 꺼낸 뒤 자신의 사랑이나 실연에 취해 두서없이 떠들어대면 어, 그랬구나, 그렇지, 맞아, 하며 듣고 있다는 신호 정도만 보냈다. 그럴 때 언니는 최고의 청취자라 자꾸만 얘기하고 싶었다.

　마침내 지원의 이야기가 끝나고 어둠 속에 정적이 흐르면 언니는 얼마 전에 말이야, 하면서 자기의 연애나 실연, 치한을 만나거나 소매치기를 당한 경험 같은 걸 짤막하게 털어놓았다. 이러이러한 남자를 조심하고 지하철과 버스에 타면 가방을 앞으로 당겨 메라고 했다.

　- 그러면 소매치기도 예방할 수 있고 치한이 가슴을 만지는 것도 막을 수 있어.

　어느 길로는 다니지 말고, 기초 화장품은 어디 것이 싸고 좋고, 색조 화장품은 뭐가 발색이 좋고, 핸드크림과 립스틱은, 미용실은, 하면서 지나온 인생의 보따리에서 이것저것 꺼내 건넸다. 그때마다 지원은 무겁고 습기 찬 비밀을 털어놓은 뒤라 홀가분하면서도 마음 한구석이 묵직하고 뻐근했다. 언니가 건네는 것들은 이미 경험과 실패를 거쳐 검증된 것들이었다. 그때는 세 살 차이가 너무 엄청나서 영원히 뛰어넘을 수 없는 시간처럼 느껴졌다. 시간이 흘러 지원이 그만큼 나이를 먹어도 언니는 여전히 세 살이 많을 테고, 그만큼 경험과 지식을 쌓았을 테고, 그러니까 그녀는 영원히 지원의 언니로 존재할 거라는 점이 당연하면서도 의아했다. 언니가 있는 게 이렇게 좋은데, 언니는 언니가 없어서 이런 얘기를 누구에게 털어놓을까.

신이 모두에게 갈 수 없어서 엄마를 보냈다는 얘기를 들은 적이 있다. 그 엄마가 모든 아이들을 돌볼 수 없어서 언니가 있는 게 아닐까. 물론 평소의 언니는 괴팍하고 제멋대로인 점이 많았다. 말이 거칠고 툭하면 심부름을 시키고 자기 기분에 따라 조용히 좀 하라며 윽박질렀다. 그런데 불이 꺼진 밤 지원이 고민을 털어놓고 언니가 조언하던 순간에는 더없이 따뜻하고 현명했다.

지원의 얘기를 다 듣고 난 뒤 언니는 내가 결혼이나 이혼에 대해서는 잘 모르니까, 하며 말문을 열었다. 이번에는 지원이 그건 그렇지, 하고 대꾸했다. 지원이 뭔가를 털어놓았을 때 언니가 잘 모른다고 한 건 처음이었다. 어떤 조언이나 충고를 바란 게 아니라 언니가 들어주는 것만으로 충분했다.

 - 다른 거 생각하지 말고 네가 행복해지는 쪽으로 결정해.

 - 행복은 모르겠고……. 헤어지는 게 맞는 건지도 잘 모르겠어. 이미 멀어져서 서로가 끔찍한데, 그래도 후회할까 봐 무서워.

지원은 감정적인 면과 논리적인 측면을 다 전하려고 애썼다. 언니가 어둠 속에서 지원의 팔을 두어 번 토닥거렸다.

 - 지금만 생각해. 나중까지 고민하지 말고. 떨어져 지내보는 것도 좋은 방법 같다. 다른 사람 신경 쓰지 말고 지금은 네 생각만 해.

 - 그래도 될까.

 - 되지, 왜 안 돼. 너한테만 집중해. 그래야 나중에 후회 안 해.

언니는 지원을 달래듯 조곤조곤 말했다.

 - 미혼 여성이 아는 것도 많다.

지원은 고개를 돌려 언니를 쳐다봤다. 언니는 똑바로 누운 채 천장을 올려다보고 있었다. 실루엣에는 표정이 드러나지 않았다. 언니는 아빠를 많이 닮았다고 생각했는데 누워 있는 옆모습이 엄마 같았다.

— 이혼이 별거냐. 깊이 관계했던 사람들이 헤어지는 거지.

언니가 하품을 하며 옆으로 돌아누웠다. 싱거운 연애만 한 줄 알았는데 언니에게도 혹독한 이별 경험이 있는 걸까. 뒤통수를 보고 있자니 하품이 쏟아졌다.

— 나는 너만 생각할 테니까 너도 너만 생각해. 그리고 얼른 자. 피곤할 때 하는 생각 중에 쓸 만한 게 별로 없어.

맞아. 지원은 고개를 끄덕거렸다. 언니는 현명하고 나는 좀 더 자야 해. 드라마를 줄이고 천천히 먹고 좀 더 걷고 지난 일에 매이지 말고 먼 데를 보자고 다짐했다.

너만 생각하라고, 그게 무엇이든 너 하고 싶은 대로 하라고 말해주는 사람이 있어 든든했다. 언니라는 방패를 얻었으니 그대로 걸어가면 되는 것이다.

아침에는 지원이 먼저 일어났다. 새벽에 몇 시까지 얘기하다 잠들었는지, 마지막으로 어떤 얘기를 나누다가 누가 먼저 잠이 들었는지 기억나지 않았다. 알람이 울리자 언니는 잠깐 눈을 떴다가 시간을 확인하곤 이불을 머리 위로 뒤집어썼다. 지원은 서랍에서 수면 안대를 꺼내 이불 안에 넣어주었다.

곤하게 자는 언니를 보니 옆에 누워 늘어지게 늦잠을 잔 뒤 같이 목욕탕에 다녀오고 싶었다. 탕 안에 앉아 몸을 오래 불리고 때를 꼼꼼히 밀어낸 다음 바나나 우유에 빨대를 꽂아 마시면 좋을 것 같았다. 붉게 달아오른 뺨, 덜 마른 머리에 슬리퍼 차림으로 동네 맛집을 찾아가서 늦은 점심을 먹고 커피까지 마시고 나면 완벽에 가까운 하루가 될 것이다.

20대 중반을 지나면서 두 사람은 같은 집에 살면서도 다른 시간표에 따라 생활했다. 회사원인 지원과 프리랜서로 번역 일을 하는 언니는 자신의 일과 시간 운용에 대체로 만족하면서도 이따금 상대의 자유로움이나 고정적인 월급을 격렬하게 부러워했다. 한편으로는 이게 보기보다 힘들다고 고충을 털어놓으면서 상대가 품은 환상을 깨뜨렸다. 샐러리맨과 프리랜서의 대화는 그렇게 자기가 하는 일의 고단함에 대해 실컷 얘기한 뒤 그럼에도 자신이 이 일에 몸담고 있는 이유를 재발견하는 것으로 마무리되곤 했다.

공통점이 많지만 다른 학교, 다른 전공, 다른 일, 다른 사람을 선택하며 어른이 되는 동안 삶의 방향과 구성요소가 달라지면서 삶의 형태도 변했다. 언니는 지원을 보며 네가 결혼도 하고 매장 운영도 하다니 오래 살고 볼 일이다, 하며 놀렸고 지원은 언니에게 어쩌다가 책상물림이 된 거야, 하며 농담을 던졌다.

언니는 대학생이 되면 바로 독립을 하거나 외국으로 나가거나 자유연애주의자가 되어 불꽃 같은 나날을 보낼 줄 알았다. 새로운 문물과 아름다움, 예술과 사람에 관심이 많아서 밖으로 쭉쭉 뻗어나갈 줄 알았는데 책상 위에 놓여 있는 스탠드처럼 가만히 책만 들여다보는 삶을 선택했다는 게 의아했다.

언니를 보면 친정집에 있는 오래된 피아노가 떠올랐다. 윤기가 반드르르한 검은색 피아노는 지원의 초등학교 입학과 언니의 체르니 입성을 기념해서 부모님이 큰맘 먹고 장만한 것이었다. 어릴 때 언니는 피아노 학원의 에이스로 꼽힐 만큼 실력이 뛰어났고 한동안 장래희망이 피아니스트였다. 지원은 피아노에 재미를 느끼지 못해서 일찌감치 학원을 그만두었는데 언니는 초등학교를 졸업할 때까지 다녔다. 자매는 피아노 교본을 연습하는 것보다 문방구에서 파는 노란색 악보 피스를 연주하는 걸 더 좋아했다. 기다란 피아노 의자의 뚜껑을 위로 열면 그 안에 백 장이 넘는 악보가 차곡차곡 쌓여 있었다. 그 무게 때문에 의자 바닥이 둥그렇게 처졌다.

언니가 귀에 익은 팝송이나 가요를 연주하면 지원은 옆에 앉아 건반 위에서 움직이는 기다란 손가락을 쳐다보거나 흥얼훙얼 노래를 따라 불렀다. 언니는 기분 좋은 일이 있을 때나 반대로 속상한 일이 생겼을 때 노란색 악보 뭉치를 꺼낸 다음 한 장씩 넘겨가며 쳤다. 중학생, 고등학생 때도 피아노 앞에 앉아서 꽤 많은 시간을 보냈고 이 곡 저 곡을 연주했다. 지원은 언니에게 이것 좀 쳐보라고 부탁했다가 어떤 때는 시끄럽다며 잔소리를 했다.

거실 한쪽 벽을 차지하고 있는 피아노는 이제 모서리가 닳고 깨져서 계절이 바뀌거나 엄마의 기분이 안 좋을 때마다 퇴출 후보에 올랐다. 치는 사람도 없는데 자리만 차지하고 시커멓고 칙칙해서 집 안 분위기를 망친다는 게 이유였다. 그러면서도 엄마는 언니가 사다리차를 부르겠다거나 주민센터에 가서 대형 폐기물 신고를 하겠다고 하면 망설였다. 둘이 저기 앉아서 뚱땅거릴 때가 좋았지, 중얼거리기도 했다.

지원은 돌아누운 언니의 등을 보며 옷을 갈아입었다. 아침이 되자 마감하고 한껏 늘어져 있는, 이혼에 대해 몸으로 겪은 적 없는 프리랜서 싱글 언니가 다시 한번 부러워졌.

매장 문을 연 다음에는 틈틈이 예령과 앞으로의 운영 방안과 이벤트 아이디어에 대해 얘기했다. 점심때쯤 언니가 집에서 나왔다는 메시지를 보냈다. 매장에서 밥을 먹고 가라고 했더니 오랜만에 목욕탕이나 갈래, 했다.

점심 먹고 빈 그릇을 내놓는데 휴대폰 화면에 시어머니, 라는 문구가 떴다. 잊고 있던 약속이 갑자기 떠오르거나 빚 독촉 전화라도 받는 것처럼 가슴이 철렁했다. 받을까 말까 망설이는 동안에도 화면에는 시어머니, 네 글자가 떠 있었다. 시댁과 문제가 있거나 시 자 붙은 사람한테 특별히 알레르기가 있는 것도 아닌데 상황이 이렇다 보니 평소처럼 통화할 엄두가 나지 않았다. 이혼은 둘만의 문제가 아니라던 말이 실감 나는 순간이었다. 이혼에 대해 얘기하고 고민하던 기간에는 그것만으로도 버거워서 다른 가족들의 존재를 잊고 지냈다. 두 사람만 생각하고 자신의 마음만 추스르면 되는 이별이란 간결한 거였구나. 지원은 진동하는 휴대폰을 쳐다보았다. 통화 버튼을 터치하는 순간 이지원이 아니라 영진의 처, 둘째 며느리가 되어 인사하고 말하게 될 터였다.

- 잘 지냈냐? 궁금해서 전화했다.

인사를 건네는 시어머니의 목소리가 평소 같지 않았다. 영진에게 무슨 말을 들은 다음 전화를 한 건지, 정말 단순하게 소식이 궁금해서 전화한 건지 헷갈렸다. 지원은 탁상 달력을 보며 날짜를 헤아려봤다. 영진과 싸운 뒤 냉전을 거쳐 별거하기까지 한 달 가까이 흘렀다. 짧다면 짧고 길다면 긴 시간이었다. 그동안 전화도 하지 않고 왕래도 없었다. 지원은 휴대폰을 귀에 댄 채 매장 밖으로 나갔다.

시어머니는 어떻게 한 달 동안 전화도 없고 놀러 오지도 않느냐고 물었다. 평소에도 자주 연락하고 찾아가는 편은 아니었지만 이렇게까지 오래 잊은 적은 없었다.

- 어디 아팠냐? 무슨 일 있었어?
- 좀 바빴어요.

지원은 진실을 감추기 위해 궁색한 변명 쪽을 택했다.

- 아무리 바빠도 그렇지……. 나는 무슨 일이라도 생겼는지 알았다.

시어머니의 목소리에서 후르르 바람이 빠졌다. 할 말을 담아둔 채 끝말을 흐리는 시어머니의 표정이 보이는 것 같았다.

아들만 둘인 시어머니에게는 '딸 같은 며느리' 로망이 있었다. 난 그런 사람 아니라고, 저 좋다는 사람 만나서 결혼했으니 다 됐고 더 바라는 거 없다고 말했지만 내심 며느리가 둘이나 되면 한 명쯤은 딸처럼 살갑게 굴지 않을까 기대했던 게 분명하다. 너희들 안 싸우고 잘 사는 것 외에는 바라는 거 없다고 하면서도 일하느라 바쁘고 무뚝뚝한 며느리들에게 가끔 서운한 눈치를 내비쳤다.

— 뭐 하느라 그렇게 바쁘냐. 지난주에 큰애네 이사했는데 그것도 잊은 거 아니냐? 동기간끼리 이사 잘했냐고 전화라도 한 통 해주고 그래야 하는 거다.

기습적인 질문에 지원은 자신도 모르게 고개를 푹 숙였다. 매장의 탁상 달력과 휴대폰의 스케줄 알림에도 표시해두었는데 까맣게 잊고 지냈다.

두 달 전 시댁 식구들이 모였을 때 아주버님네 이사 얘기를 한참 주고받았다. 조카의 초등학교 입학을 앞두고 학군을 고려해 이사를 준비하고 있다면서 후보에 올랐던 집과 그 동네의 분위기에 대해 얘기했고 사진을 보여주기도 했다. 어렵게 한 곳을 골라 계약한 뒤 이사만 앞둔 상태였다.

시부모님은 대기업에 다니는 아주버님 내외를 늘 자랑스러워했다. 그들의 삶이 완만하지만 뚜렷하게 상승해가는 걸 흐뭇하게 지켜보았다. 영진과 지원도 근본적으로는 부러워했지만 심정적으로 거리감을 느꼈다. 그들이 동생이 아니라 형님 부부인 게 다행스러웠다. 지원은 가끔 영진과 아주버님이 형제라는 것이, 한방에서 같이 뒤엉켜 놀고 자고 공부했다는 것이 믿기지 않았다. 두 사람은 얼굴이나 성격, 식성이나 취향이 많이 달랐다. 영진은 형을 친절한 상사 대하듯 했다. 그날 이사 얘기를 하면서 다음 모임은 집들이로 하면 되겠다는 인사를 나누고 헤어졌다.

- 깜박했어요, 어머니.

지원이 탄식하듯 말하자 시어머니가 아이고, 애야, 하며 허탈하게 웃었다. 젊은 애가 왜 그렇게 정신이 없냐며 가볍게 혀도 찼다.

형님은 일을 하면서 애까지 키우는데도 집안의 대소사를 잊거나 그냥 지나가는 법이 없었다. 영진과 지원의 생일은 물론, 결혼기념일도 잊지 않고 메시지와 케이크 쿠폰을 챙겨 보냈다. 지원은 해마다 오전 10시쯤 도착하는 짤막한 축하 메시지와 쿠폰을 보면서 동갑내기 형님에게 감탄했다. 처음에는 형식적이고 사무적이라고 생각했지만 한 해도 거르거나 늦지 않는 태도에는 깎아내리기 어려운 일관성이 담겨 있었다. 그때마다 지원은 고맙다고 답을 보낸 뒤 올해는 자신도 조카의 생일과 형님 내외의 기념일을 꼭 챙겨야겠다고 다짐했지만 매년 무언가를 하나씩 빠뜨리곤 했다.

가끔은 깜박했다는 것조차 뒤늦게 깨달아서 사과도 한참 뒤에야 했다. 제때 챙기는 쿠폰과 뒤늦게 보내는 쿠폰은 같은 가격인데도 값어치가 달랐다. 지원이 쭈뼛거리며 건네면 형님은 괜찮아, 그럴 수도 있지, 하며 웃었다. 때때로 괜찮다는 말을 곧이곧대로 믿어도 되나, 겉으로는 괜찮다고 말하고 돌아서서 욕하는 건 아닌가 미심쩍었다. 그다음에 만날 때 형님의 표정과 말투를 면밀히 살폈으나 평소와 다른 기색은 발견하지 못했다. 그녀는 싹싹하게 잘 웃었고 같이 설거지를 하면서 사소한 비밀 같은 걸 털어놓았다. 어느덧 지원은 그녀가 하는 말의 뒷면에 대해 생각하지 않게 되었다. 속으로 무슨 생각을 하고 뒤로 뭐라고 하든 상관없었다. 사과를 받아주었다는 데만 의미를 두기로 했다. 가족으로 지내는 시간이 길어지면서 터득한 요령이었다.

—사는 게 아무리 바빠도 그러면 못쓴다. 형제라고 세상에 둘뿐인데 서로 챙기고 살아야지.

시어머니는 남자들은 무심하니까 여자들이 신경 써서 챙겨야 한다면서 지원을 타일렀다. 그 순간 지원은 철없고 정신머리 없는 막내며느리였다. 아마 두 며느리가 동갑이라는 사실도 오래전에 잊혔을 것이다. 지원은 네네, 하며 들었다. 용건을 다 얘기한 시어머니는 다시 단골 레퍼토리로 돌아가서 나는 바라는 거 하나도 없다, 그저 너희들 건강하고 형제간에 우애 있게 지내는 거, 그거면 된다고 강조했다. 지원은 네, 죄송해요, 제가 정신이 없었네요, 를 반복했다.

 - 집에 언제 올 거냐? 다음 주쯤 와라. 맛있는 거 해놓을 테니까 영진이랑 상의해서 연락해.

우애 얘기에 집중하느라 아이 얘기를 꺼내지 않은 게 다행이라면 다행이었다. 조카 덕분에 한동안 아이 문제에서 자유로웠으나 그 애가 아기티를 벗고 어린이로 변모해버리자 시부모님은 영진과 지원에게 시선을 돌렸다. 곧잘 마흔 살 카드를 언급하면서 더 나이 들기 전에 하나만 낳아라, 공염불을 외었다.

시어머니는 좋은 분이지만 지원에게는 여러모로 넘쳤다. 지원은 시어머니의 과도한 따뜻함 같은 게 부담스러웠다. 반면 영진은 처가 식구들의 직설적인 말, 포장되지 않은 날것의 표현을 껄끄러워했다. 처가댁에서는 사위를 어려워하기는커녕 대놓고 불평하고 지적하면서 아들 없는 집의 머슴처럼 부릴 때가 많았다. 영진은 시니컬한 장인, 얼굴색 하나 변하지 않고 할 말 다 하는 장모와 처형에게 곧잘 주눅 들었다.

전화를 끊고 나자 머리가 복잡했다. 형님에게 연락도 해야 하고 다음 주에 시댁도 가야 하는데 언제까지 핑계를 대고 넘어갈 수 있을지, 이 문제를 어떻게 얘기해야 할지 고민이 됐다. 지원은 영진에게 메시지를 보냈다.

어머님이 전화하셨어. 얘기 좀 해야 할 것 같아.

아무 말 안 했지? 내일 저녁에 집으로 갈게.

영진의 메시지가 바로 도착했다. 지원은 저녁을 먹고 올 거냐고 물으려다가 말았다.

빈집의 불을 켜고 들어가자 테이블 위에 쌓아둔 고지서가 눈에 들어왔다. 몇 주 동안 우편함에 꽂혀 있던 걸 가져온 뒤 펼쳐보지 않아서 뒤죽박죽이었다. 자동이체를 신청해두지 않은 고지서는 대부분 한 달 정도 연체되어 있었다. 계산기로 연체료를 다 더했다. 게으르고 무심하게 지낸 대가로 저녁 외식비가 사라졌다. 이 목록을 영진이 봤다면 잔소리깨나 했을 것이다. 정신 차리자. 지원은 소파에 누워 관자놀이를 꾹꾹 눌렀다.

- 거실 등이 좀 어두워졌네.

영진은 천장을 살펴보며 테이블 맞은편에 앉았다. 그는 전체적으로 살이 붙은 것 같았다. 퇴근길에 바로 왔는지 구두에 양복바지 차림이었다.

그런 얘기를 듣고 보니 불을 켰는데도 어둑한 느낌이 감돌았다. 영진의 말이 전등을 갈아주겠다는 건지, 스스로 갈라는 건지는 알 수 없었다.

- 지내는 건 어때?

지원은 인사와 안부를 뭉뚱그려 물었다. 심경에 대한 질문이자 생활에 대한 질문이었다. 아무리 친하다고 해도 친구 집에 얹혀사는 게 편하지만은 않을 것이다. 그래도 떨어져 지내기로 한 건 잘한 선택 같았다. 영진이 재혁에게 가지 않았다면 두 사람은 이 집에서 마주치지 않으려 애쓰며 지냈을 것이다. 그 고민을 덜어낸 것만으로도 다행스러웠다. 따로 지낸다는 말에 언니는 친구 집에 가 있는지, 다른 여자랑 같이 있는지 어떻게 아느냐고 했다. 이상하게도 그 부분은 별로 신경 쓰이지 않았다. 다른 곳에서 지낸다고 해도 어쩔 수 없었다.

- 재혁 씨한테 미안하네.
- 그놈이야 심심한데 내가 놀아주니까 좋지.

영진은 모처럼 재혁의 집에서 지내는 게 재미있다고 했다.

- 대학 때 생각도 나고 젊어지는 기분이야. 애들도 자꾸 와서 들러붙고.

슬쩍 웃음까지 내비쳤다.

지원도 재혁이 사는 빌라에 놀러 간 적이 있었다. 그는 취미가 다양하고 관심사도 다방면에 뻗어 있어서 혼자 사는 집인데도 물건이 많았다. 거실 한쪽 벽 책장에는 만화책과 추리소설이 잔뜩 꽂혀 있고 다른 벽에는 시디와 엘피판이, 그 앞에는 애니메이션에 나오는 캐릭터의 피규어들이 줄지어 서 있었다. 코비 브라이언트의 사진도 방문과 벽 여기저기에 붙어 있었다. 영진은 그곳에 갈 때마다 가지런하게 정리된 재혁의 물건들을 꼼꼼하게 둘러보았다. 그곳에서 남자 둘이 뭘 하며 저녁과 주말의 시간을 보낼지 궁금했다.

- 엄마 때문에 당황했겠다.
- 이 상황에서는 양쪽 다 부담스럽지.
- 하긴 장모님 전화였으면 나는 무서워서 다 불었을지도 몰라.
- 무슨 말이 그래.
- 너희 집 식구들이 좀 세잖아. 처음에 다 같이 모여서 얘기하는데 싸우는 줄 알았다.

가족들에 대해 모르지도 않거니와 지원이 먼저 그렇게 말하며 영진을 다독이거나 위로한 적도 있는데 이 시점에 너희 집 식구 운운하는 소리를 들으니 기분이 상했다.

- 이 상황에서 그 얘기는 왜 꺼내.

- 그런 뜻으로 한 말이 아니잖아. 됐고……. 앞으로 어떻게 할지에 대해서나 얘기해보자.

영진은 의자를 당겨 앉으며 사무적으로 말했다. 쓸데없는 얘기 더 해봐야 서로 기분만 상하니까 가족 얘기는 덮어두고 그다음 안건으로 넘어가자는 투였다. 할 얘기가 뭐였지. 밀린 민원을 처리하려는 김 주임 같았다.

지원도 가족 얘기가 달갑지 않았다. 시어머니와 통화하던 때의 당혹감, 형님에게 전화해서 아무 일도 없는 것처럼 이사 축하한다고, 집들이 때 가겠다고 말하던 때의 껄끄러움이 떠올라 속이 불편했다. 차라리 밤을 새워 재고 정리를 하는 편이 나았다.

- 그냥 넘어가지 말고 가족 문제부터 해결해.

지원은 불쾌감이 드러나는 걸 막으려고 팔짱을 꼈다.

- 다음 주쯤 집에 오라고 하셨는데 대답 못 했어. 또 전화하시면 어떡해.

- 우리 집 문제는 내가 알아서 할 테니까 신경 쓰지 마. 전화 안 가게 하면 되잖아.

- 그래? 그럼 앞으로 그쪽에서 오는 전화는 안 받을 테니까

그렇게 알아.

 지원과 영진은 서로의 말끝을 확 잘랐다. 일순간 냉랭하면서 부글거리는 기운이 테이블 위에 퍼졌다. 가족 얘기가 나와서 그런 것 같기도 하고 그럴 타이밍이 된 것 같기도 했다. 두 사람 사이에서 침묵이 뜨겁게 부풀어 오르자 영진이 일어나 화장실에 갔다.

 지원도 일어서서 찬물을 마셨다. 영진이 소변보는 소리가 밖에까지 들렸다. 같이 살 때는 일상적인 소음에 묻혀 두드러지지 않거나 의식하지 못했는데 그 순간 유난히 거슬렸다. 변기 시트는 올리고 해, 라고 말하고 싶은 걸 참으며 물을 한 잔 더 마셨다.

 예전에도 이 문제로 몇 번 다툰 적이 있었다. 큰 문제 앞에서는 쉽게 마음을 모으고 방향을 정하고 힘을 합치면서 남에게 말하기 민망하고 사소한 부분에서는 자주 의견이 갈리고 각자 자기주장을 내세운 뒤 마음을 닫아걸었다. 신혼 때는 크고 감당하기 어려운 문제로 싸우는 것보다는 이편이 낫다고 생각했다. 그런데 시간이 지날수록 싸움의 원인이 무엇인지, 그 경중보다는 상대에게 실망하고 마음이 상했다는 것 자체가 중대한 문제가 되었다.

영진이 나온 뒤 화장실에 들어간 지원은 올리지 않은 변기 시트 위에서 점점이 떨어진 소변 방울을 발견했다. 어쩌면 소변을 본 다음 바로 옆 세면대에서 손을 씻을 때 떨어진 물기일 수도 있었다. 그러나 다년간의 경험에 기대어보면 그럴 가능성은 희박했다. 영진은 그다지 열심히 손을 닦는 사람이 아니었고 변기 시트를 올렸다가 내려놓을 정도로 배려가 깊지도 않았다. 분명히 다른 쪽으로는 자상하고 친절한 편인데 위생이나 청결 면에서는 무디고 무심했다.

변기 시트를 본 순간 지원은 화가 나서 요의 같은 건 잊어버리고 스펀지에 세제를 묻혀서 시트를 문질렀다. 샤워기로 거품을 씻어낸 뒤 티슈로 물기를 닦았다. 지금 꼭 해야 하는 일도 아니고 정상적인 감정의 표출이 아니라는 것도 알았다. 누군가에게는 미친 여자처럼 보일 것이다. 그래도 멈출 수 없었다. 이 화가 어디서부터 시작됐고 얼마나 쌓여 있던 건지 명확하지 않았다. 시어머니의 전화로 스트레스를 받았고 그게 도화선이 된 것 같았지만 그 때문만은 아니었다. 영진과 싸우자마자 냉전에 돌입했고 그 상황에서 별거로 접어들었고 바로 이혼 얘기가 나오면서 감정을 꾹꾹 눌러놓았던 탓이 컸다.

- 뭐 하는 거야? 나오려면 멀었어? 배고픈데 얼른 얘기 마무리하자.

 테이블 쪽에서 영진이 부르는 소리가 났다. 지원은 손을 닦으며 심호흡을 했다. 참을 수 있으면 참는 편이 낫다고 생각하면서도 참고 싶지 않다는 쪽으로 기울었다. 좋은 사람인 척 안부를 묻고 끼니를 챙기는 게 가증스럽고 진절머리 났다. 지원은 화장실 문을 벌컥 열고 나왔다.

 - 얘기하다 말고 들어가서 뭐 하는 거야?

 영진이 짜증을 누르며 말했다.

 - 내가 변기 시트 좀 신경 쓰라고 했잖아. 왜 그렇게 배려가 없어?

 영진은 그런 문제가 도사리고 있을 줄 몰랐다는 듯 놀란 표정이었다. 입을 벌린 채 지원을 쳐다보다가 지금 변기 시트 같은 게 뭐가 중요하다고 그래, 하며 일어나서 물을 벌컥벌컥 마셨다.

 - 오빠는 매사에 그런 식이야. 상대가 이것 좀 신경 써달라고, 이건 좀 지켜달라고 부탁하면 그러려고 애쓰는 게 아니라 뭐 그런 걸 갖고 피곤하게 구냐고, 그게 뭐가 중요하냐고 하면서 옆으로 치워버려. 말하는 사람만 바보 만들고 무시하면서.

― 사람 바보 만드는 게 누군데 그래? 너는 입만 열면 잔소리잖아. 눈뜨는 순간부터 침대에 누울 때까지 이거 하지 마라, 저거 하지 마라, 이건 이렇게 해라, 저건 저렇게 해라……. 그걸 다 어떻게 지키면서 살아.

영진이 목소리를 높이며 거칠게 머리를 쓸어 넘겼다.

두 사람은 눈앞의 상황에 대해 빠르게 날선 말을 주고받았다. 그러다가 어느 순간부터 상대의 말을 듣지 않고 자기 목소리만 높였다. 네 말이 무슨 뜻인지 알았으니까 내 얘기 좀 들어봐. 형식적으로 상대를 잡아두지도 않고 내 말을 들어보라고 설득하지도 않으면서 자기 안에 쌓인 감정을 일방적으로 풀어냈다. 그동안 하지 않으려고 노력했던 말들, 입 밖으로 내는 순간 싸움이 커질 걸 알기에 참았던 말들, 상대를 배려해서 속으로 삼켰던 말들을 내뱉었다. 내면의 방에 넣어두고 문을 잠갔지만 분명히 제 안에 있던 말들을 마구 쏟아냈다.

그러는 동안 이제 와서 하는 얘긴데, 라는 말이 자주 등장했다. 이런 말까지는 안 하고 싶었지만, 이라는 말도 썼다. 영진은 손을 허리에 얹었다가 주머니에 넣었다가 머리에 올렸다. 지원은 울컥해서 눈물을 흘리다가 다시 얘기를 이어가기를 반복했다. 이렇게 앞뒤 생각하지 않고 마구 소리를 지르며 할 말을 다 하는 건 신혼 초의 부부싸움 이후 처음이었다.

끝나지 않을 것처럼 계속되던 화와 비방이 소강상태에 접어든 건 두어 시간이 지난 뒤였다. 마주 선 채 한동안 각자의 대사를 읊어대던 두 사람은 말을 줄이고 목소리를 낮췄다. 그리고 침묵 속에서 물을 한 잔씩 마셨다. 일단 가족들에게는 나중에 통보하자고 합의했다. 아까 했던 얘기가 무슨 뜻이냐고, 어떻게 그런 말을 할 수 있느냐고, 나는 그런 사람이 아니라고 따지거나 해명하지도 않았다. 몇 번 더 만나 양쪽 집에 알리는 방식을 협의하고 협상을 이어가자고 결정하는 것으로 이혼에 대한 마음을 확고히 했다.

영진이 돌아간 뒤 지원은 테이블에 앉아 노트북을 켰다. 드라마를 보지 않으려고 애쓰며 포털 사이트에 접속했다. 사고 소식을 열심히 클릭해서 읽었다. 허기진 사람처럼 눈을 크게 뜨고 불행에 관한 기사를 찾았다. 불행의 강도가 셀수록, 안타깝고 마음 아픈 기사일수록 그 구절을 반복해서 읽으며 꿀꺽꿀꺽 삼켰다. 누구나 넘어지고 숨어서 우는 때가 있다는 게 위안이 되었다. 불행의 세계에서 이혼은 못을 박다가 망치로 엄지손톱을 내려친 정도의 실수에 지나지 않았다. 순간적으로 굉장히 아프고 손톱이 깨져서 피가 나거나 까맣게 죽거나 당분간 망치질은 할 수 없을지 몰라도 견딜 수 있는 종류의 것이었다. 그러면서 마음속의 저울을 꺼내봤다.

몸은 가장 뚱뚱했던 순간, 제일 많이 나갔던 몸무게를 기억한다고 한다. 틈만 나면 그때로 돌아가려고 하기 때문에 요요 현상이 생기고 다이어트에 실패하게 된다는 것이다. 지원도 불행의 순간을 놓치지 않고 기억했다. 마음속에 불행의 무게를 재는 저울이 있어서 힘든 일이 있을 때마다 거기에 올라가보았다. 그 저울에는 최악이라고 생각했던 순간의 무게가 기록되어 있었다. 지원은 나쁜 일이 생길 때마다 거기에 올라가 이전과 비교해보았다. 시험에 떨어지고, 친구에게 배신당하고, 입사에 연달아 실패하고, 애인이 말도 안 되는 핑계를 대며 떠나고, 돈이 없어서 먹고 싶은 거 참으며 지내고, 회비가 없어서 모임에도 못 나가고……. 그 순간에는 늘 이게 가장 힘들고 불행하다고 생각했는데 시간이 흘러가면 그 일도 저만치 멀어져가고 새로운 불행이 밀려왔다. 그러면 이전의 자잘한 기억들은 목록에서 지워졌다. 지원은 양팔 저울의 한쪽에 괴로운 일을, 다른 쪽에 마음속의 기록을 올려 견주어보곤 했다.

저울의 한쪽에 이 상황을 올려놓고 다른 쪽에 지나간 불행을 부지런히 얹어봤지만 저울은 꿈쩍도 하지 않았다. 이 일보다 더 무거운 일을 올리고 싶은데 아무리 뒤져봐도 찾을 수 없었다. 저울이 움직이지 않는 게 지금의 불행이 너무 무거워서인지, 과거의 불행이 껍데기나 흉터만 남아 가벼워졌기 때문인지 알 수 없었다. 얼마큼의 시간이 지나야 지금의 괴로움과 망가진 날들이 별것 아닌 일처럼 가벼워지게 될까. 이후에 또 어떤 일 때문에 이 사건을 다른 쪽 저울에 올려놓게 될까. 살면서 그런 날은 또 오고야 말 것이다.

지원은 노트북을 덮고 의자에서 일어났다. 따뜻한 식사와 티타임을 위해 마음에 드는 테이블을 고르기 위해 열심히 찾아다녔는데 지난 몇 주 동안 텅 빈 테이블 위에는 협상만이 남았다.

영진과는 토요일에 다시 만나기로 했다. 다른 날로 정하고 싶었지만 달리 방도가 없었다. 평일에는 다음 날 출근이 걸렸기 때문에 협상 테이블에 앉을 수 있는 시간은 토요일뿐이었다. 얘기를 하는 시간 자체는 길지 않았지만 에너지나 감정 소모가 컸다.

다음 주에는 집 문제에 대해 얘기하기로 했다. 신발을 신고 나가면서 영진은 아무래도 집을 팔아야겠지, 라고 했다. 지원은 그렇다고도, 아니라고도 대답하지 않은 채 현관문이 닫히는 것을 보았다.

빚이 많긴 해도 집은 가장 큰 재산이므로 헤어진다면 제일 먼저 처리하는 게 맞을 것이다. 나중에 분쟁이 생기지 않게 신중을 기할 필요가 있었다. 둘 사이에 아이가 없고 같이 키우던 반려동물도 없다는 게 다행이었다. 이 집으로 이사 올 때 이다음에 고민하고 결정할 문제는 아이에 관한 것뿐이라고 확신했다. 지원은 새삼 세상에 확신할 수 있는 건 아무것도 없다는 사실을 깨달았다. 아이나 반려동물이 있었다면 양육이나 거처 문제를 협상 테이블에 올려야 했을 테고 누가 키우든 그 생명에 새겨진 상대의 모습이나 흔적 때문에 힘든 순간을 겪어야 했을 것이다. 그 문제까지 더해졌다면 이 상황을 지나가는 게 더 힘들었겠지.

지원은 냉장고 아래 칸에서 묵은지를 꺼냈다. 혼자서라도 따끈한 밥과 차를 챙겨 먹으며 지내자고 다짐했지만 마지막으로 밥을 하고 찌개를 끓여 끼니를 챙긴 게 언제인지 가물거렸다. 쌀을 씻어 밥솥에 안치고 김치를 물에 씻은 뒤 기름을 두른 팬 위에 올려놓았다. 멍하게 서 있다가 부엌 쪽의 창문을 열고 음악을 틀었다.

기름과 양념이 뒤섞인 김치를 뒤적이며 인생이란 얼마나 이상한가, 얼마나 알 수 없는 것인가 생각했다. 토요일 오후 연습실에서 만나 같이 춤을 추고 공연을 준비하다가 연인이 되고 결혼을 한 두 사람이 이제 토요일에 만나 헤어지는 일에 대해 얘기하고 있다. 언제 어디에서 같이 살지 고민하며 물건을 사들이던 날들이 따로 살기 위해 그 물건을 나눠야 하는 날들로 바뀌었다. 스윙댄스를 배우고 연애를 하던 시절에는 토요일만 생각하면 설렜는데 요즘은 토요일마다 테이블에 앉아 대치하고 언쟁을 벌인다. 토요일의 마법이 저주로 변한 건 아니지만 명백하게 달라진 질감은 당황스러웠다.

볶은 김치에 물을 붓고 끓기를 기다리며 집 안을 둘러보았다. 집을 팔고 나면 이 안의 것들을 어떻게 나누어야 할까. 공정하고 공평하고 깔끔한 분할이라는 게 가능할까. 예전에 보았던 한 독일 남자의 사연과 사진이 떠올랐다. 이혼한 뒤 그는 전 부인과 같이 산 물건들을 반으로 잘라 나누었다. 사진 속에서 의자와 소파와 침대와 곰 인형, 휴대폰의 단면은 절단기로 자른 것처럼 말끔했다. 결혼을 준비하던 무렵이었기 때문에 지원은 완벽에 가깝게 나뉜 반쪽짜리 물건들을 경이로운 심정으로 구경했다. 무용해진 가구와 물건들은 실용성이 사라짐으로써 예술 작품에 가까워 보였다. 그때는 같이 쓰던 것들을 잘라서 나누어 갖기로 결정하기까지의 마음이나 실제로 그걸 자르던 순간의 심정 같은 건 짐작할 필요도, 이유도 없었다.

이제는 그 마음에 대해 생각하게 된다. 남자의 행위는 정확히 반으로 나누었다는 점에서 현상에는 맞지만 취지에는 위배되는 방식이었다. 나누는 순간 무용해짐으로써 함께 쓰던 것들은 혼자서는 쓸 수 없는 것이 되었기 때문이다.

결혼하지 않았다면, 사랑하는 사람과 결혼해서 같이 살지 않았다면, 같이 살며 먹고 자고 뒹굴고 섹스하고 부대끼지 않았다면 그 사람에 대해 지금처럼 많이 알 수 없었을 것이다. 5년간의 결혼생활을 통해 그들은 육체적·정신적·감정적인 면에서 서로를 향해 전면적으로 개방되었다. 더 오래 같이 살고 실질적으로 더 많은 것을 공유한 가족들과도 나누지 못한 경험이었다. 사랑이 만드는 기묘한 소통과 조화는 종종 감탄스러웠다.

누군가를 향해 활짝 열리는 경험을 해봤다는 점에서 결혼 자체를 후회하지는 않는다. 해볼 만했고 좋았던 순간도 많았다. 서로가 받는 스트레스가 다르고 화나는 지점이 다르고 풀어지는 시기와 포인트가 다르고…… 많은 부분에서 달랐을 뿐이다. 오랜만에 감정을 쏟아낸 탓인지 미움이나 원망이 아래로 가라앉았다. 제때 운 것도 도움이 되었다.

지원은 김치찌개의 간을 보며 양념을 넣었다. 고기를 넣지 않아 신맛이 강했다. 윤기가 흐르는 밥은 포근하고 부드러웠다. 오래간만에 달걀 프라이와 김, 김치찌개에 밥 한 그릇을 비웠다.

나중에 이 장면을 떠올리며 이 시기를 돌아보면 무엇이 생각날까. 「라 붐」의 장면들 같지 않으리라는 건 확실했다. 오래전 스윙댄스 동호회의 카페 메인에 걸려 있던 문구가 자꾸 떠올랐다. '즐겁지 않으면 스윙이 아니다.' 그 말로부터 너무 멀리 와버린 것 같았다.

6,

카페에서 지원이 영진에게 사랑한다고 말했을 때, 영진은 지원의 뺨에 묻은 눈물을 닦아주었다. 그리고 온 얼굴을 움직여 웃었다. 그건 씨익이라는 말 외에 다른 것으로 설명되지 않는 웃음이었다.

- 왜 웃어요.
- 고마워서 그래요.
- 뭐가 고마워요.
- 지원 씨도 날 사랑하게 될 줄 몰랐어요.

나는, 하면서 입을 여는데 영진의 눈동자가 촉촉해졌다. 그는 처음부터 지원을 좋아했고 언제 사랑한다고 말하면 좋을지, 매일 기회를 엿보는 중이었다. 그런데 만날 때마다 지원은 회사 일로 지치고 힘들어 보였다. 가끔 극장에서 옆을 보면 눈을 감은 채 잠들어 있거나 모두 웃는데 혼자 무표정하게 화면을 바라보았다. 함께 있는 게 즐겁지 않구나. 설레거나 뭉클하지도 않겠지. 이다음에 지원이 무언가 고백한다면 그만 만나자는 말일 거라고 짐작했다. 영진은 매번 마음의 준비를 하고 약속 장소에 나왔다. 그래서 만남이 기다려지면서도 앙금처럼 불안이 가라앉아 있었다.

그날은 거절당하더라도 고백이나 해보자고 마음먹은 상태였다. 그런데 뜻밖에도 사랑한다는 말을 듣고 그 말을 한 지원이 눈물까지 흘리니 꿈을 꾸는 것 같았다.

- 나도 사랑합니다. 내가 더 사랑해요, 지원 씨.

두 사람은 손을 잡고 밖으로 나와 자정의 거리를 천천히 걸었다. 여름밤의 공기는 서늘했고 수박 냄새가 났다. 음악 잘 들었다고, 힘들었는데 위로가 됐다고 하자 영진은 말없이 웃었다. 오랜만에 지원은 자기 손이 아니라 맞잡은 영진의 손에 집중했다.

그 뒤로 사귄다거나 애인이라고 말할 때 주저하거나 의심하지 않았다. 사랑이라는 문을 열고 들어가자 두 사람 사이는 좁아지고 틈이 느껴지지 않을 정도로 밀착되었다. 영진과 함께 있는 게 자연스럽고 제 옷을 입은 것처럼 편했다.

  그 밤 이후로 시간이 어떻게 흘러갔는지 알 수 없다. 둘은 마주 앉아 서로의 얼굴 가까이에서 속삭였다. 나란히 앉으면 팔을 맞대거나 어깨에 기댔다. 별거 아닌 얘기에 고개를 깊이 끄덕거리며 슬퍼했다. 사소한 부분에서 웃음을 멈추지 못했다.

  퇴근 뒤에는 만나서 밥을 먹고 술을 한잔했다. 주말에는 같이 영화를 보고 전시회에 갔다. 장소를 옮겨 다니며 새로운 먹을거리와 마실 거리를 사이에 두고 끊임없이 이야기를 나눴다. 예전에는 하나의 화제가 둘 사이를 지나가고 나면 이야기가 끊겨 어색한 기운이 맴돌았는데 이제는 하나의 이야기 안에서 수많은 것들을 끄집어내 대화를 이어갔다. 술기운이 오르면 테이블 아래로 손을 잡은 채 말없이 시간을 보내기도 했다. 지원은 출퇴근 시간마다 영진이 준 음악을 들었다. 그가 만든 게 아니라 골라서 순서를 이은 것뿐인데도 직접 관여한 것처럼 특별한 기분이 들었다.

  누군가를 사랑하게 된다는 건 뭘까. 사랑하는 사람이 생긴다는 건 뭘까. 지원은 자주 영진에 대해, 영진을 사랑하게 된 자신에 대해 생각했다. 그럴 때면 사랑을 마법에 비유한 표현들에 수긍이 갔다. 그날 카페에서 영진을 만난 이후로도 일상은 똑같고 인생의 구성요소는 그대로인데 감정의 결이나 삶을 대하는 태도가 달라졌다. 잠깐이라도 얼굴을 보기 위해 일의 순서를 조정하고 먼 길을 달려가고 오래 기다렸다. 그런 장애들이 사랑의 방해물이 아니라 촉매제 역할을 해주었다. 별것 아닌 일도 상대에게 얘기하고 의견을 물어보고 반응을 기다렸다. 자연스럽게 그에게 기울어지고 그와 겹쳐졌다. 그동안 삶의 중심에 있던 것들이 영진의 바깥으로 밀려났다. 누군가를 사랑하는 게 처음도 아닌데 이번에는 온도와 색채가 달랐다.

순조로운 연애와 달리 회사 상황은 급박하게 돌아갔다. 연내에 새로운 직영 매장을 몇 군데 오픈할 거라는 얘기가 돌았다. 본사 직원을 지점장으로 내려보내 광고나 이벤트를 활성화할 거라는 소식이었다. 지점장은 발령과 선발의 방식으로 충원될 예정이었다. 회의 시간에 본격적으로 얘기가 나오자 직원들은 술렁였다. 매출이 좋은 키즈 라인의 직영점이라는 데 솔깃했지만 매장 운영에는 대부분 난색을 표했다. 퇴사 확정이 둘이었고 세 명 정도가 주변에 쉬쉬하면서 다른 회사에 면접을 보러 다녔다. 비밀리에 진행했지만 결과가 나온 뒤

굳게 입을 다물었다. 이직은 생각처럼 쉽지 않았고 다른 곳이 이곳보다 나으리라는 확신도 없었다.

지원은 졸업 후 여성의류 브랜드에서 수습을 거친 뒤 줄곧 이 회사에서 일했다. 그동안 퇴사에 대한 유혹을 서너 번 정도 느꼈지만 구인 사이트를 뒤져본 뒤 옮길 만한 데가 없다는 현실을 깨닫고 마음을 접었다. 그러고 나면 기다렸다는 듯 결제 금액이 얼마라는 카드사의 문자메시지가 도착했다. 한 달이라도 월급에 차질이 생기면 곤란했다. 그사이 갈등의 핵이었던 상사가 승진해서 다른 부서로 옮겨가고 까칠한 디자이너가 육아휴직에 들어갔다. 8년의 회사생활은 충돌 직전에 아슬아슬하게 비껴가는 식으로 이어졌다.

지원이 회사 얘기를 하면 영진은 스스로에게 질문을 던져보라고 조언했다. 이 일이 싫은가. 적성에 안 맞는가. 다른 일이 하고 싶은가. 일 자체에 회의가 든다거나 다른 분야에서 일하는 친구들이 부럽다고 생각한 적은 별로 없었다. 여러 질문을 거치며 지원은 아니다, 라는 결론에 도달했다. 지치긴 했지만 이 일이 싫은 건 아니었다. 회사에 실망했지만 그간 거쳐온 브랜드나 거기에서 나오는 옷들에 애정이 많았다. 1년째 몸담고 있는 이 위태로운 라인에서 벗어나고 싶은 것뿐이었다.

그렇다면 뭘 망설여. 영진은 살다 보면 다른 사람의 얘기에 귀 기울여야 할 때가 있고 내 안에 답이 있는 경우가 있다고 했다.

- 이번에는 다른 사람 얘기 듣지 말고 하고 싶은 대로 해봐.
- 그렇게 하면 영진 씨 얘기를 듣는 게 되는데.
- 그런가. 내 얘기 좀 들으면 어때.

가족들은 지원이 본사에서 나와 매장을 운영하는 것에 반대했다. 평소에는 제각각인 세 사람이 모처럼 한마음이 되어 지원을 설득했다. 본사에 소속된 직영 매장이긴 하지만 연봉제가 아닌 이상 매출의 압박을 받게 될 테고 스트레스가 심할 거라고 걱정했다. 다시는 사무직으로 돌아가지 못할 거라는 전망도 반대에 힘을 실었다. 점원이 아니라 지점장이고 아무나 할 수 있는 게 아니라고 얘기해도 통하지 않았다. 가족들의 우려는 지원이 망설이는 부분과 닿아 있었고 일반적인 통념이기도 했다.

영진은 달랐다. 매장 운영이 위태롭게 될 경우 다시 회사로 돌아올 수 있을지 고민하는 지원에게 시작도 하기 전에 복귀 걱정부터 하는 건 이르지 않냐고 했다. 당장 생계가 걸렸는데 어떻게 고민을 안 하냐고 받아치자 앞으로 지원의 생활은 자기가 책임질 테니 걱정하지 말라고 했다.

- 그 말이야말로 무책임하게 들리는데. 남의 일이라고 너무 태평한 거 아닙니까.

- 이게 왜 남의 일이야. 결혼하면 다 내 일이 되는 건데.

지원이 회사와 일에 대한 고민을 털어놓으면 영진은 자꾸 결혼과 우리의 미래 같은 얘기로 넘어갔다. 지원은 결혼이 먼 일처럼 느껴졌다. 회사 일이 안 풀린다고 결혼으로 도피하고 싶은 마음도 없었고 이 사랑이 깊어진다고 바로 영진과 결혼하고 싶은 것도 아니었다. 만난 지 얼마 되지 않았고 이제 겨우 사랑에 정착했으니 연애를 좀 더 해도 좋을 것 같았다.

두 사람은 퇴근 후나 주말에 열심히 맛집을 찾아다녔고 분위기 좋은 술집이나 카페에서 대화를 나눴다. 술을 마시며 데이트 장소와 음식에 대한 얘기부터 각자의 과거와 현재, 미래에 대한 계획 같은 걸 두서없이 털어놓았다. 어떤 화제가 나와도 지원은 회사 문제를 어떻게 해야 할지 모르겠다는 결론에 도달했고 영진은 우리 결혼했으면 좋겠다, 결혼하자고 조르는 것으로 마무리되었다.

- 내년 봄에 하자.

- 이 남자, 결혼 타령 때문에 못 만나겠네.

- 가끔은 다른 사람 말도 들어야 해. 내가 재혁이 말 듣고 이 자리에 있는 거 아냐.
- 그게 무슨 소리야.

지원이 궁금하다는 표정으로 다그치자 영진은 MP3에 음악 넣은 거, 하며 얼굴을 붉혔다.

- 그랬구나. 어쩐지 노래가 너무 좋더라.

지원이 실망감을 드러내자 영진은 플레이어는 자기 아이디어였고 그런 선물을 한 건 태어나서 처음이라고, 코비가 옆에서 음악 선곡을 조금 도와준 것뿐이라고 했다.

- 됐어. 그것도 모르고 나는 노래 잘 골랐다고 엄청 감동받았네.

지원이 눈을 흘기자 영진은 끝까지 비밀로 했어야 하는데, 하며 아쉬워했다.

늦은 밤 두 사람은 헤어지는 게 아쉬워 지원의 아파트 놀이터에서 그네를 타거나 벤치에 앉아 음료수를 마셨다. 마지막으로 빈 병을 재활용 바구니에 넣은 뒤 서로를 깊이 끌어안았다. 잘 자라고, 내일 하루 잘 지내라고 인사한 뒤 헤어짐이 싫어서 걸음을 천천히 옮겼다.

영진의 조언이 일에 대해 진지하게 고민하고 새롭게 결심하는 계기를 만들어주었다. 지원은 회사에 지점장 지원 의사를 밝혔다. 그리고 영진의 응원과 가족들의 걱정 속에 아동복 회사에서 매장으로 이동했다.

그 와중에도 영진은 만날 때마다 결혼 노래를 불렀다. 지원은 그만 좀 하라고 구박한 뒤 집에 돌아와서 결혼에 대해 곰곰이 생각했다. 호감과 매력이 사랑으로 이어지고 사랑에 대한 확신이 결혼으로 향하는 건 알겠는데 결혼 이후에 대해서는 알 수 없는 것투성이였다. 결혼제도는 이제 사라져가는 시스템 아닌가? 호감과 매력이 사라진 뒤 결혼생활은 무엇으로 이어지지? 이해와 배려? 누구를 위해 이해하고 무엇 때문에 배려해야 하지? 그런 의문이 해결되지 않았다. 평범한 삶을 평가절하하고 싶은 건 아니지만 연애 중인 30대라면 당연하다는 듯 코스처럼 결혼에 도달하고 싶진 않았다.

그런데 상황은 자꾸만 결혼 쪽으로 흘러갔다. 가을밤에 들어간 카페에서 영진은 지원에게 이어폰을 끼워준 다음 프러포즈 송을 들려주었다. 그가 준 플레이어 안에 있던 이승환의 「화려하지 않은 고백」이 지원을 감쌌다. 노래를 듣는 내내 영진은 촉촉한 눈동자로 지원을 바라보았다. 웃음과 울음이 뒤섞인 얼굴이었다. 뻔하고 유치하다고 생각했던 순간에도 감동이 숨겨져 있었다. 노래가 끝나자 영진은 주머니에서 반지를 꺼내 지원의 손가락에 끼워주었다. 결혼은 아직인데……. 말끝을 흐리면서도 코끝이 찡했다. 바람과 물살과 물결이 두 사람이 탄 배를 자꾸 육지로 밀어내는 느낌이었다.

 - 당장 하자는 건 아니야. 그렇지만 나와 결혼해줘, 지원.

반지를 내려다보며 지원은 천천히 고개를 끄덕거렸다. 영원히 유랑할 것 같던 배가 결혼이라는 대륙으로 방향을 돌리는 순간이었다.

7,

- 앞으로는 집에서 만나지 말자.

테이블에 앉자마자 영진이 말했다. 지원도 그 말에 동의했다. 같이 쓰던 가구와 물건을 보며 이야기를 나누는 게 찜찜했다.

영진은 근처 공인 중개업소에서 아파트 시세를 알아봤다고 했다.

- 우리가 샀을 때보다 오천 정도 올랐더라.

집 사는 걸 반대했던 영진의 얼굴에 복잡한 표정이 떠돌았다.

테이블에 마주 앉기 전까지 지원도 이 순간에 대해 여러 번 생각했다. 힘들게 구한 뒤 인테리어 공사를 하고 새 가구를 들인 집을 다른 사람에게 넘기기 싫었다. 하지만 그 바람이 실현될 가능성은 희박했다. 그녀는 집에 대한 집착을 들여다봤다. 혼자서 대출금을 갚으면서라도 집을 지키고 싶은 마음, 영진과 이혼하는 것보다 이 집과 헤어지는 게 더 싫은 것 같은 마음, 그 마음이 어디에서 오고 거기에 뭐가 있는지, 뭘 속이거나 속고 있는 건 아닌지 알고 싶었다.

아파트 앞 상가에 들어선 중개업소의 광고판을 보면 부동산 시장이 들썩이고 있는 건 분명했다. 수도권의 전세가가 폭등하자 세입자들이 대출을 받아 집을 사서 오름세가 이어지는 듯했다.

- 올랐다니 다행이네.

1년 사이에 5,000만 원이 올랐다니 꽤 괜찮은 장사였다. 같이 살 때라면 부자가 된 것 같은 기분에 맥주 캔을 땄을 것이다. 두 사람이 아무리 발버둥 쳐도 1, 2년 사이에 그만큼의 돈을 모을 수는 없을 테니까. 이제 5,000만 원을 벌게 된 셈인데도 큰 감흥이 없었다. 집을 팔 게 아니라면 사실 매매가가 오르내리는 건 중요하지 않다. 어쩌면 그런 영향을 받지 않고 그런 데 신경 쓰지 않기 위해 집을 사고 정착하려는 건지도 모른다. 지원도 붙박이지 못했다는 불안함에서 벗어나려고 무리해서 이 집을 계약했다.

1년 전에 지원은 전세 계약을 월세로 바꾸자는 집주인의 전화를 받았고 영진은 그 집을 소개해줬던 중개업자의 전화를 받았다. 중개업자는 주인 여자가 전화로 시세를 알아봤고 월세로 전환할 경우 어느 정도에 내놓으면 되는지 물어봤다고 얘기해주었다.

그 전화를 받기 전에 두 사람은 결혼 4년 차에 접어들었으니 전세 자금 확보를 위해 몸을 움츠릴 것인가, 신혼의 끝자락과 아이가 생기기 전의 한두 해를 제대로 즐겨볼 것인가 고민하고 있었다. 지금 이 상황에서 우리가 뭘 사야 한다면 그건 무엇이어야 하는가. 그것은 정체성과 가치관을 드러내는 문제였으므로 가볍게 시작된 대화는 종종 설전으로 치달았다. 영진은 좀 즐기면서 살자는 쪽이었고 새 차를 사고 싶어 했다. 지원은 안정을 추구하는 쪽이었고 이번에는 전세 계약을 연장하지만 다음에는 대출을 받아서 집을 사자고 주장했다.

– 우리 차는 이제 끌고 다니기 쪽팔리잖아.

영진이 결혼 전부터 몰던 중고차는 연식이 꽤 돼서 여기저기 문제가 많았다. 차를 좋아하는 영진은 스트레스가 쌓이면 퇴근길에 근처 자동차 매장을 순례하고 왔다. 새로 출시된 모델에 대한 설명을 듣고 견적을 뽑고 시승도 해보고 팸플릿과

명함을 챙겨왔다. 집에 오면 팸플릿을 펼쳐놓고 이 차는 이런 점이 좋고 이 차는 이런 조건이 마음에 든다며 설명했다.

- 이 모델로 마음이 기운 거야?
- 못 살 것도 없지.

지원이 보기에는 대중교통으로 출퇴근하고 주말에만 직접 운전하는 처지에 비싼 차를 사는 건 낭비 같았다.

- 집 문제부터 해결하자. 차보다는 집에 머무는 시간이 더 많잖아.

영진이 자동차 매장에 들러 시승해본다면 지원은 인테리어 관련 카페에 들어가서 20평대 아파트의 변신, 거실 카페같이 꾸미기 같은 포스팅을 열심히 살펴보며 가상의 인테리어에 빠졌다.

집과 자동차를 두고 우선순위를 따지는 건 월세를 내면서 오래된 아파트에 살아야 하느냐는 고민에 비하면 낭만적이었다. 새로 발령 난 영진의 주민센터나 지원의 매장 근처에도 연식이 오래된 아파트의 전세금으로 옮길 만한 곳은 마땅치 않았고 매달 월세를 내며 사는 것도 부담스러웠다.

은행에서 대출 상담을 받고 공인 중개업소에 들러 주변의 전세 시세를 알아보다가 두 사람은 집을 사기로 했던 계획을 앞당겨버리기로 했다. A와 B 중에 고르는 게 아니라 C로 옮겨가는 것. 그게 집주인에게 하는 복수라고 생각했다.

결정도 어려웠지만 매매계약서에 도장을 찍기까지의 여정은 더 복잡했다. 집을 산다는 건 단순히 그 공간을 소유한다는 것뿐 아니라 그 지역의 환경, 분위기까지 고른다는 걸 의미했다. 아파트와 빌라 중에서 고르고 평수도 선택해야 하고 그 외에도 고려해야 할 조건이 많았다.

집을 사려고 알아보고 있어. 엄마는 잘 생각했다며 목소리를 높였다. 이제야 한시름 놓겠다. 사람이 집을 사야 돈도 모이고 형편도 나아지는 법이다. 칭찬과 타박을 오가는 말이 한동안 이어졌다. 거기서 멈추기만 해도 좋은데 엄마는 이제 아이만 낳으면 된다는 말을 덧붙였고 멀쩡하게 잘 지내는 언니까지 끌어와 걱정의 리스트에 올렸다.

- 사실 그동안 너희들 사는 게 영 마음에 걸렸는데 김 서방이 서운해할까 봐 내색도 못 했어.

- 그만하면 충분히 표현했어.

지원은 가족들에게 영진을 편하게 생각하지 말고 어려워하라고 당부했지만 다들 하고 싶은 얘기는 기어이 했다.

집을 사려 한다는 얘기에 양가 어른들은 비슷한 반응을 보였다. 지원과 영진에게 엄청난 빚이 생기는 건데도 그 걱정은 하지 않고 다들 집 사야 안정이 된다, 이제 집도 사고 어른 다 됐네, 같은 말만 했다. 그 얘기를 들으면서 지원은 집을 산다는 게 결혼을 하는 것과 비슷하구나, 생각했다. 이전과 크게 달라진 게 없는데도 정착에 대해 결심하고 그 결심을 사람들 앞에 드러내는 순간 갑자기 어른의 자격을 부여받았다.

영진도 집주인에게 월세를 내는 것보다 은행에 대출이자와 원금을 내는 게 낫다고 했지만 집과 대출에 대해 알아보는 태도는 뜨뜻미지근했다. 대출 창구에서 행원이 몇십 년 동안 매달 얼마씩 상환하면 된다고 설명하자 흠, 하며 미간을 구겼다. 집과 대출금에 매여 인생을 즐기지 못하는 하우스푸어의 삶은 평소에 그가 가장 경멸하고 두려워하는 것이었다. 그런 영진과 달리 지원은 어느 지역으로 갈지 고민하고 그곳의 시세를 알아보며 후보를 좁혀가는 동안 자꾸 눈이 높아지고 욕심이 생겼다. 얼마만 더 있으면 살 수 있는 집의 조건이 확연히 달라지는 게 피부로 느껴졌다. 지원이 중개업자가 소개한 집을 보고 나오면서 마음에 든다고 하면 영진은 손을 꼭 잡았다가 놓았다.

– 이 집 사면 우린 여행도 못 가고 수말에 영화나 외식도 줄

여야 해. 그렇게 살고 싶어? 부탁인데 그렇게 살진 말자.

 그럼 지원은 어쩌면 그들의 집이 될 수도 있었던 꽤 괜찮은 집을 머릿속에서 지우려 애썼다. 그 뒤로도 영진은 집이 얼마면 대출을 얼마 받아야 하고 30년 상환이면 매달 얼마씩 갚아야 하는 거라고 일깨워주었다.

 보름 동안 돌아다닌 끝에 고른 집은 영진의 주민센터와 지원의 매장 중간쯤에 위치한 아파트였다. 지은 지 10년이 넘은 아파트는 단지가 컸고 세 종류의 평형으로 나뉘어 있었다. 지원은 영진의 반대를 무릅쓰고 인테리어 공사를 강행했다. 바닥과 벽, 조명만 바꿔도 집의 분위기가 확 달라질 것 같아 포기할 수 없었다. 이건 우리 집이니까. 앞으로 계속 살 거니까. 지원의 주장에 영진은 이사하는 것만 해도 무리인데, 하며 얼굴을 구겼다. 하지만 이사할 때 아니면 하기 힘들다고 밀어붙이는 지원을 막지는 못했다.

 지원은 거실에 놓을 3인용 소파와 책장, 6인용 테이블도 알아봤다. 마음에 드는 테이블을 찾기 위해 인터넷 사이트에 들어가서 둘러봤고 주말에는 오프라인 매장을 찾아다니며 직접 만져봤다. 테이블과 책장, 소파의 후보들을 보여주면 영진은 제대로 보지도 않고 비싼 건 안 된다고 잘라 말했다. 지원은 이따금 마음에 드는 물건의 가격을 속여 얘기했다.

이사를 준비하는 동안 예전보다 자주 부딪치고 싸우고 냉전 기간이 길어졌지만 아직 어수선해서 그런 거라고, 이사하고 나서 생활이 안정되면 괜찮아질 거라고 믿었다. 같이 대출금을 갚으며 나이 들어가고 운이 좋으면 더 넓고 좋은 집으로 이사 갈 수 있을 거라고 생각했다. 거기에는 어떤 의심이나 이견도 없었다.

처음 한 달은 공사가 끝나기를 기다리고 이사를 하고 가구를 들이고 가족들과 친구들을 불러서 집들이를 했다. 소파에 앉아 커피를 마실 때마다, 테이블에 앉아 밥을 먹을 때마다 여기가 우리 집이라는 사실에 감격했다. 외식을 줄이고 음식을 만들어 먹으며 다달이 대출금을 갚아나갔다. 그런 나날들 뒤에 이런 장면이 기다리고 있을 줄은 몰랐다.

영진은 집이 팔리는 대로 대출금을 갚고 남은 돈을 반으로 나누자고 했다.

- 급하면 시세보다 조금 싸게 내놓으래.

그는 꽤 담담했다. 변기 시트에 튄 소변 때문에 소리 지르고 속엣말을 쏟아내며 싸웠던 게 며칠 전이 아니라 몇 년 된

일 같았다.

싸우고 난 다음 날 재혁이 긴 메시지를 보냈다. 코비는 지원에게 혹시 헤어지는 걸 망설이고 있다면 지금이 서로에게 남은 마지막 기회라고, 조금이라도 후회한다면 과감하게 브레이크를 밟으라고 조언했다. 영진이 퇴근 뒤에 매일 술을 마시고 많이 마시면 이따금 울기도 한다고 했다. 지원은 그 메시지를 여러 번 읽었다.

이혼에 대해 알게 된 사람들은 다시 한번 생각해봐라, 파와 뒤돌아볼 필요 없으니 앞날을 모색해라, 파로 나뉘었다. 지원의 왼쪽 귀와 오른쪽 귀에 대고 각자 의견을 속삭였다. 이 시기만 지나가면 사이가 더 좋아질 거라고 설득하는 목소리와 깨진 그릇 붙이려고 애쓸 필요 없다고, 앞으로 얼마든지 더 좋은 사람 만날 수 있다고 끌어당기는 목소리가 있었다. 양쪽 의견이 모두 타당하고 그럴싸했다. 다만 어느 쪽으로 가도 후회하거나 해결해야 할 문제가 많았고 상처받을 수밖에 없었다. 옳고 그름이 아니라 지원이 어느 쪽으로 가기를 원하는가가 중요했다.

결혼 초 회식 자리에서 10년 이상 결혼생활을 한 선배들과 같은 테이블에 앉은 적이 있었다. 취기가 돌자 그들은 시기의 차이는 있지만 남편이나 아내의 행동 하나하나가 너무 밉고 싫어서 견디기 힘든 때가 있었노라 고백했다. 그냥 존재만으로도 그 혹은 그녀가 하는 일이 다 사랑스럽고 재미있고 의미 있어 보이던 시기가 있었던 것처럼 정반대의 시기가 찾아온다는 것이다. 생김새와 옷차림, 웃음소리와 먹는 모습, 냄새와 사소한 버릇까지 진저리 나게 싫은 시기가 결혼생활을 관통할 때가 있다고 했다. 그걸 권태기라고 부르는 거겠지. 다들 고개를 끄덕거렸다.

그 기간은 무더위나 열대야, 장마처럼 혹독하게, 영원히 지속될 것처럼 지리멸렬하게 이어진다. 권태기가 자신을 지나가는 건지, 스스로 권태기를 빠져나가야 하는 건지도 알지 못하는 상태에서 한때 세상의 전부라고 생각했던 사람이 해충같이 느껴지는 끔찍한 상태에 놓이게 되는 것이다. 그 마음을 내색하지 않으려고 아무렇지 않은 척 안간힘을 쓰거나 어쩔 수 없이 좀 예민하게 굴고 짜증을 많이 내면서 일상생활을 유지하다 보면 자욱하던 미움이 서서히 걷혀가는 걸 느낀다. 특별한 계기 없이 권태기에 붙들렸던 것처럼 대단한 노력이나 애씀 없이 터널을 빠져나가게 된다.

타오르던 미움이 사그라지면서 변함없이 그 자리에서 제

할 일을 하며 잘 살아보려고 애쓰는 상대가 눈에 들어오기 시작한다. 아내나 남편은 이름을 부르면 언제나 그랬듯이 대답과 함께 이쪽을 쳐다본다. 그러면 그동안 자신을 사로잡았던 미움만큼 짠하고 미안한 마음이 밀려온다. 아내나 남편이 달라져서가 아니라 자신이 어떤 시기, 터널 같은 곳을 지나왔기 때문이다.

그렇게 길거나 짧은 권태기를 몇 번 겪고 나면 그마저 결혼생활의 일부로 받아들이게 된다고 했다. 선배들의 얘기를 들으면서 지원은 결혼이 왜 생활이 되는지 알 것 같았다. 사랑이 충만한 시기와 완전히 고갈된 것 같은 시기와 미움이 창궐하는 시기와 다른 욕망을 품은 채 바깥을 힐끔거리고 서성대다가 발길을 돌리는 시기까지 모두 합쳐 결혼생활이 되는 것이다.

퇴근 후 간단히 맥주를 마시며 한 얘기였지만 몇 번의 권태기를 지나온 결혼 선배들이 건네는 조언에서는 어떤 자긍심 같은 것이 느껴졌다. 지원은 고개를 여러 번 끄덕거렸다. 술자리에서 주고받는 농담처럼 결혼하면 사랑 끝, 그냥 생활, 애들 때문에 어쩔 수 없이 사는 거, 가족끼리는 스킨십하고 그러는 거 아니라는 식의 얘기가 아니어서 좋았다. 그러나 막상 냉전을 지나오면서 좁혀지지 않는 마음의 상태를 겪게 되자 그 시기를 지나는 것이 얼마나 갑갑하고 뜨겁고 견디기 힘든 것인지 실감했다. 그때 선배들이 평소와 다를 바 없는 얼굴로 심상하게 말할 수 있었다는 게, 그 모두를 결혼생활로 끌어안을 수 있었다는 게 얼마나 대단한 내공이 필요한 일인지 짐작할 수 있었다.

지원은 재혁에게 짧은 답을 보냈다.

그 사람은 돌이키고 싶은 게 아니라 받아들이는 연습을 하는 중일 거야.

지원도 이따금 드라마를 보다가 울었다. 영진은 무엇 때문에 우는지 모르겠지만 지원은 이제 돌이킬 수 없겠구나, 실감할 때 눈물이 났다. 그래서 눈물이 나는 걸 망설인다거나 후회한다고 단정 지을 수 없었다.

넌 그런지 모르겠지만 이 자식은 진심으로 후회하는 것 같아.

그럼 후회하는 쪽에서 무슨 얘기를 하겠지.

네가 남자를 잘 몰라서 그래.

두 사람의 헤어짐을 안타까워하는 재혁의 진심은 충분히 전해졌다. 그는 지원에게 남자를 잘 모른다고 했지만 이봐, 쿤비, 당신이 부부의 삶에 대해 뭘 안다고 그래, 헤어짐을 앞두고 누구라도 그 정도의 애도는 표할 수 있는 거 아니야? 그와 함께 지내줘서 고맙고 진심으로 걱정하는 마음은 알겠지만 이 일에서 빠져줘, 라고 말하고 싶었다.

헤어짐에 대해 생각하면서 지원은 자신이 결혼에 적합한 인간이 아닌 것 같다는 의심을 자주 했다. 무엇보다도 사랑과 생활이 겹치는 지점이 불편했다. 영진과 잘 지낼 때도 생활 속에서는 적당한 거리감 확보가 간절했다. 연애할 때는 밀착되는 게 좋았지만 그게 매일 이어지는 건 버거웠다. 지원이 꿈꾸는 건 오래 연애하는 상태에 가까웠다. 앞으로 영진보다 나은 남자를 만날 가능성은 희박했다. 미친놈, 변태만 피해도 다행이었다.

가끔 영진이 줬던 MP3 플레이어와 그 안에 들어 있던 음악들이 떠올랐다. 지치고 힘든 상태에서 그 음악을 듣고 영진이 기다리던 카페로 향한 밤도 생각났다. 그날 그 음악을 듣지 않았다면 영진이 기다리던 카페로 갔을까. 가지 않았을 가능성이 높다. 카페에서 영진을 만나지 않았다면 서로의 마음을 확인하며 사랑한다고 고백하지도 않았겠지. 정말로 마음을 움직인 건 영진이 건넨 음악, 엄밀히 말하면 코비가 고르고 순서를 정한 노래들이 아닐까, 생각하게 될 때도 있었다. 그런 생각에 붙잡히면 마음이 복잡했다. 사랑은 어디에서 와서 어느 곳에 머물다 어디로 가는가. 그걸 알 수 없으니 말이다.

재혁이 보낸 메시지와 달리 눈앞의 영진은 담담해 보였다.

- 가구나 물건은 어떻게 할까.

지원이 묻자 영진이 거실을 쓱 둘러보았다. 함께 썼던 소파와 책장과 테이블과 자잘한 물건들이 제자리에 있었다.

- 네가 하고 싶은 대로 해.

결혼생활이 짧고 가진 것이 없을수록 헤어짐은 간결할 터였다. 이혼에 대해 고민하며 처음으로 집과 차, 공유하고 있던 가구와 물건에 대해 생각하게 되었다. 구입 경로를 떠올리는 동안 그걸 함께 쓰면서 좋았던 순간도 팝업 창처럼 튀어나왔다.

붙박이장이 없던 신혼집 침실에는 세 짝짜리 장롱이 놓여 있었다. 이 아파트로 이사 오면서 그것들은 이불장, 수납장으로 각방에 흩어졌다. 퀸 사이즈의 침대는 같이 누워도 좋고 혼자 뒹굴뒹굴하며 자기에도 편했다. 침대에서 마지막으로 섹스를 한 게 언제인지 기억나지 않았다. 두 달 전인지 석 달 전인지, 어떤 계기로 시작해서 어떤 느낌으로 끝났는지도 가물거렸다. 결혼 5년 차 부부의 평균이 주 몇 회인지는 모르겠지만 횟수는 자연스럽게 줄어들었고 언제부터인가 두 사람이 섹스를 원하는 타이밍도 묘하게 어긋났다. 부부에게 섹스라는 게 뭘까. 이혼과 상관없이 이따금 생각했다. 이제 섹스와 무관해진 침대에는 불면과 드라마만 남았다.

지원이 이혼 얘기를 했을 때 승아는 자신이 이혼을 결심하게 된 계기에 대해, 이나는 이혼하고 싶은 순간에 대해 털어놓았다. 그 사람과 더 이상 하고 싶지 않을 때, 섹스가 없어도 살 수 있을 것 같을 때, 몸의 부딪힘이나 부대낌과 상관없이 서로가 멀게 느껴질 때 결혼이 허울 같았다. 세 사람은 섹스가 결혼생활에 미치는 영향에 대해 이야기했다.

- 부부가 성격 차이를 느끼는 건 사실 성적인 차이 때문인 경우가 많대. 남자들이 더 심각하게 느낀다더라. 물론 이것도 남자들이 하는 얘기지만.

- 섹스도 소통이니까 그럴 수 있지.

결혼하고 난 뒤 섹스는 오히려 관심 밖의 대상이 되었다. 신혼의 침실은 섹스를 위해 공식적으로 마련된 장소인데 멍석을 깔아주니 시들해지는 느낌도 들었다. 부부의 섹스는 어느 시점까지 임신, 출산으로부터 자유롭지 않았다. 임신을 미룰 때는 실수하지 않으려고 애쓰다가 종종 흥분의 타이밍을 놓치고 임신을 계획한 뒤에는 섹스가 임신을 위한 수단이 된 것처럼 의무감을 띤다. 어쩌면 가장 뜨거웠던 섹스는 저 침대가 아니라 거리와 해변의 모텔 방에 흩어져 있는지도 모른다.

- 가져가고 싶은 게 있으면 가져가.

영진의 말에 지원은 다시 집 안을 둘러봤다.

- 생각해볼게.

근처 중개업소 서너 곳에 집을 내놓기로 했고 가져가고 싶은 건 각자 생각해본 뒤에 다시 얘기하기로 했다. 앞으로는 집에서 만나지 말자는 말대로 다음부터는 밖에서 만나 세부적인 것을 정리하기로 했다. 적금, 보험, 연금같이 돈과 관련된 것들, 서류 절차, 가족들에게 통보해야 하는 일이 남아 있었다.

지원은 출근하자마자 예령과 회의를 했다. 두 달째 매출이 적자였다. 언제부턴가 본사에서 보내는 옷을 받아서 진열하고 재고가 생기면 반품하고 의자에 앉아 손님이 들어오면 일어서고 안 오면 멍하게 있는 날들이 이어졌다. 영진과의 관계를 떠나서도 일에 많이 느슨해졌다. 지점장으로 발령받은 뒤 교육을 받고 오픈 준비를 하고 매장을 시작하던 초기에는 욕심도 많고 의욕이 넘쳤다. 이곳에서 매장을 오래 운영하며 규

모를 키워나가겠다고 다짐했다. 당장의 매출, 밥벌이도 시급하지만 거기에 매이지 않고 아동복 자체에 대해 근본적으로 다시 생각하기로 했다. 엄마나 할머니, 이모, 고모가 제 피붙이에게 사 입히는 옷, 아이를 키우는 사람들이 사는 옷과 그렇지 않은 사람들이 사는 옷, 지인의 아이에게 선물하는 옷, 딱 맞고 편하게 한 계절 입히는 옷과 큰 사이즈로 사서 두고 입히는 옷, 딸 엄마들이 사는 옷과 아들 엄마들이 사는 옷, 그리고 지역의 특성에 대해서도 두루 고민하기로 했다.

탁상 달력에 이벤트 회의, 라고 표시하고 보니 수요일에 붉은색 동그라미가 쳐져 있었다. 연초에 탁상 달력을 받으면 항상 1월부터 한 장씩 넘기며 양가 가족들의 생일을 표시해두곤 했다. 시댁 쪽은 생일을 음력으로 챙겨서 해가 바뀔 때마다 체크해두지 않으면 실수하기 쉬웠다.

수요일이 영진의 생일이었다. 앞으로는 양력으로 하자고 얘기해놓고도 한 해 한 해 미루다 보니 계속 음력으로 챙기게 되었다. 달력의 동그라미 표시를 본 뒤 지원은 어떻게 해야 하나 고민했다. 이런 상황에서 생일 축하한다는 메시지를 보내는 것도 어색하고 모르는 척 지나가는 것도 찜찜할 것 같았다. 그 고민은 점차 단순한 생일 축하 메시지에서 이혼 뒤에 어떤 관계로 남기를 원하느냐의 문제로 확대되었다.

이런 상황에서 생일 축하가 무슨 의미가 있나 싶다가도 생일이란 관계와 상관없이 존재에 대한 게 아닌가 하는 쪽으로 기울었다. 내 생일이 며칠 뒤라면 어떨까, 입장을 바꿔보기도 했다. 영진이 이번 생일에 갖고 싶다고 한 건 여름휴가 때 쓸 수 있는 항공권과 숙박권이었다. 그건 해줄 수 없지만 축하 인사는 건넬 수 있었다.

신문과 잡지를 보면 A와 B가 이혼한 뒤에도 친구로 지내며 변함없이 서로를 응원하기로 했다는 기사가 종종 실렸다. 볼 때마다 그게 가능한가, 그래도 되나, 그럴 수 있다면 좋겠네, 생각이 뒤섞였다. 어쩌면 그건 오랫동안 깊이 알고 지낸 사람을 인생에서 완전히 지워버리고 싶지 않다는 욕심 때문일지도 모른다. 부부 관계에서 탈퇴한 뒤 남남이 아니라 친구라는 관계로 새롭게 전환한다는 게 가능한 일일까. 그건 관계에 대한 낭만적인 접근이거나 누군가의 환상이거나 아주 오랜 시간이 흐른 뒤에나 가능한 일 같았다.

승아는 전화로 안부를 묻다가 만나는 사람이 생겼다고 조심스럽게 털어놓았다. 좋아하거나 사랑하는 사람, 이 아니라 만나는 사람, 이라고 말하는 게 인상적이었다. 만나고 있다는 말속에는 호감과 뭔가를 시작한다는 뉘앙스가 두루 녹아 있었다.

- 너한테 말할까, 말까 고민했어.
- 뭘 고민해. 잘했어. 연애 좀 해야지. 한동안 너무 뜸했잖아.
- 그동안 일도 많았고 누굴 만나는 게 좀 지겹기도 했어. 혼자 지내는 게 편하기도 하고.

승아의 전남편은 이혼할 때 너랑 헤어지면 여자 진짜 많이 만나고 방탕하게 살 거라고 큰소리쳤다고 한다. 그때 승아는 그래, 네 맘대로 살아라, 나는 아주 수녀처럼 살 테니까, 그렇게 받아쳤다고 했다.

이혼한 뒤 승아가 자신을 위해서 제일 먼저 한 일은 낡은 속옷을 버리는 것이었다. 좋은 속옷을 사는 것보다 나달거리는 속옷을 버리는 게 더 어렵더라고 했다. 그걸 정리하고 나니 진짜 혼자가 됐구나 싶었다.

- 물론 그 뒤로 나도 자유연애에 몸 바쳤지만, 그때는 정말 뭔가에 복수하는 심정이었어.

일로 만난 사람, 학교 동창, 친구의 친구, 누군가 소개해준 사람……. 제약이나 거리낌 없이 만나고 연애해보니 살아 있다는 느낌도 들고 즐거웠다. 애초에 누군가를 오래 만나겠다는 생각이 없다 보니 호감을 느낀 상대가 식상해지거나 단점이 보이면 바로 마음이 식었다. 인내심을 발휘할 필요가 없었다. 그렇게 몇 달 만에 헤어지고 다른 사람을 만나는 걸 반복하다 보니 이 사람이나 저 사람이나 다 비슷했다. 설레지도 않고 아프거나 아쉽지도 않았다. 사랑이 아무것도 아닌 것 같았다.

이번에는 오랜만이기도 하고 제대로 만나보고 싶은 마음이 생긴다고 했다.

- 언니랑 같이 사무실도 얻었어.

각자 알아보다가 고민 끝에 넓고 쾌적한 곳에서 같이 일하기로 결정했다고 전했다. 언니는 영어로 쓰인 글을 한글로 번역하고 승아는 한글로 된 책을 영문으로 번역했다. 지원은 두 사람이 하는 일이 늘 신기했다. 한 사람은 피를 나눈 자매인데다 많은 시간을 같이 보냈고 한 사람은 같이 수업 듣고 놀러 다니고 술도 마셨지만 그들의 어디에 책과 번역이 들어 있었는지 알 수 없었다. 언니와 승아가 볼 때마다 칭찬하던 테이블은 새로 구한 사무실에 보내면 되겠구나. 그렇게 마음먹자 홀가분해졌다.

수요일 오전에 지원은 영진에게 쌀막한 축하 메시지를 보냈다.

생일 축하해. 마음 편한 날들은 아니지만 오늘 하루만이라도 행복하게 지내.

할 말이 많은 것 같기도 하고 더 이상 덧붙일 말이 없기도 했다. 전송 버튼을 누르기 전까지 망설였지만 보내고 나자 아무렇지도 않았다.

영진이 매장에 찾아온 건 점심시간 때였다. 지원과 예령은 그날 매장에 들르는 손님들의 성별과 나이, 구경하는 옷의 종류, 구매 여부 등을 기록하고 있었다.

두 사람은 근처 카페로 자리를 옮겼다. 영진은 일 때문에 구청에 갔다가 들어가는 길이라고 했다. 일에 대해 몇 마디 하다가 지원의 메시지를 받고 놀랐다는 얘기를 꺼냈다.

- 오늘이 내 생일인지도 몰랐어.
- 그럴 수 있지.
- 어떻게 들릴지 모르겠지만…… 이혼하고 나면 한번 내 맘대로 살아보려고.

영진의 표정이 진지했다.

- 1년 전인가. 출근길에 횡단보도 앞에 서 있는데 갑자기 확 뛰어들까, 그런 생각이 드는 거야.

특별히 힘든 일이 있었다거나 회사에 무슨 문제가 생긴 건 아니었다. 그저 좀 지쳤고 사는 게 고단했다. 전치 4주 정도만 나오면 좋겠다고 바랐다. 일을 그만두지 않고 합법적으로 쉬려면 다치거나 아파야 했다. 병실에 누워 있고 싶진 않았지만 한 달만 주민센터에 안 나가고 마음대로 살 수 있다면, 하는 마음이 간절했다.

- 그런 생각 했는지 몰랐어.
- 아무한테도 얘기한 적 없으니까.

그런 말이나 생각을 하면 안 된다는 걸 알면서도 쉬고 싶은 마음이 더 깊어졌다.

- 힘들게 공부해서 몇 번 만에 간신히 붙은 건데…… 참 웃기지?

그때는 시험 붙어서 발령 나고 월급만 받으면 소원이 없을 것 같았는데 살아보니 그렇지 않았다. 인생을 돌아보니 자신에 대해 인식했던 순간부터 자기 마음대로 해본 적이 별로 없었다. 부모님과 선생님이 하라는 대로, 모범생인 채로 살았다.

영진의 말을 들으며 지원은 먹먹해졌다. 그때는 왜 그런 얘기를 하지 않았을까. 말해봤자 듣는 사람도 어떻게 해줄 수 없다는 걸 알고 있었기 때문이겠지.

− 내 인생에서 최고의 일탈이 스윙댄스 동호회에 갔던 일이야. 춤을 추다가 사랑에 빠진 일.

스윙댄스는 지원의 인생에서도 매우 예외적인 사건이었다.

− 그냥 한동안 아무 계획 없이, 지저분하게 살아보고 싶어.

그러니까 이혼을 결심한 건 지원을 사랑하고 안 하고의 문제와는 차원이 좀 다른 거라고 했다. 그는 남편이나 가장이 아닌 한 개인으로 살고 싶다는 결정으로 생각해줬으면 좋겠다고 덧붙였다.

− 물론 이혼 얘기가 나오지 않았다면 그대로 계속 살았을 거야.

− 미안해할 거 없어. 나도 요즘 내가 결혼과 어울리지 않는 사람이구나, 깨닫고 있어.

영진이 고개를 끄덕거렸다.

− 사랑이 넘쳤다면 어떻게든 같이 헤쳐나가려고 노력했겠지.

− 그랬겠지. 그래도 원수가 돼서 헤어지는 게 아니라 다행이다.

그 말에 지원도 고개를 끄덕거렸다. 그래, 원수는 아니지. 앞으로 같이 춤출 수는 없겠지만.

영진과 같이 알던 지인들에게는 이혼에 대해 조금씩 털어놓았다. 언젠가 알려야 할 일이기도 했고 근황이나 안부에 대해 말할 때 빼놓고 얘기를 이어갈 수가 없었다. 지원이 이혼하기로 했다고 말하면 대부분은 비슷한 질문을 했다.

- 뭐 때문에 헤어지는 거야? 누가 잘못한 건데?

사람들은 이별의 당사자들을 양팔 저울에 올려놓은 뒤 경중을 재보고 싶어 했다. 그래야 이해할 수 있고 위로할 수 있다고 생각하는 것 같았다.

- 심각한 상태는 아닌 것 같은데 꼭 헤어져야 해?

그 질문들은 그동안 지원이 이별한 사람들에게 던졌던 것이라는 점에서 예측 가능했다. 그 입장이 돼보니 말의 온도가 달랐지만 돌려받을 차례가 된 거라고 생각하면 야속하거나 섭섭하지 않았다.

살다 보니 누군가 치명적인 잘못을 저질러서 신뢰가 깨지고 그 때문에 소리를 지르고 물건을 던지고 부수고 머리끄덩이를 잡고 서로 죽일 듯이 싸워야만 헤어질 수 있는 게 아니었다. 같은 집에 살면서도 대화는커녕 눈도 마주치지 않고 서로의 뒷모습을 보며 적의가 담긴 눈길을 쏘아대는 순간 헤어짐이 시작되는 것이었다.

두 사람은 붕괴의 조짐을 발견했을 때 자신과 관계에 대해 돌아보기로 한 것뿐이었다. 재빨리 별거에 들어간 게 이혼을 재촉했지만 헤어짐이 지저분해지지 않도록 막아주기도 했다. 감정이 상한 채로 같이 생활하면서 싸우지 않을 자신도, 더 나쁜 상태에 빠지지 않을 자신도 없었기 때문이다.

아이스커피를 마시며 영진은 벌써 날씨가 이렇게 덥다고, 어느새 여름이 되었다고, 올해는 시간이 더 빨리 흘러가는 것 같다고 중얼거렸다. 예전에도 종종 마주 앉아 이런 얘기를 나누었다. 계절이 바뀔 때마다 함께 시간의 속도에 놀라곤 했다. 지원은 창밖과 테이블과 커피와 영진을 보았다. 이 순간이 너무 익숙하다는 느낌이 이른 여름에 대한 감상을 지웠다. 그가 원망이나 회한을 담지 않고 예전처럼 말해서 좋았다.

영진은 요즘 혼자 있을 때 그때 그랬다면 어땠을까, 생각해본다고 했다.

– 다 지난 일인데, 뭐.

– 그래서 더 아쉬운가 봐.

그때 귀찮더라도 발을 닦았다면, 싸웠을 때 먼저 다가가 말을 걸었다면, 한 번만 그냥 넘어갔다면……. 마음속에 그랬다면 좋았을 거라고 생각하는 자신과 그 생각을 부정하는 또 다른 자신이 있었다. 물론 그냥 되는대로 사는 거지, 후회하면 뭐 하겠어, 그때로 돌아가도 똑같이 할 거면서, 라고 말하는 목소리의 힘이 더 셌다.

지원도 잠이 안 올 때 종종 그런 생각을 했다. 그때 무리해서 집을 사지 않았다면 뭔가 달라졌을까. 영진이 아이를 원했을 때 낳았더라면 뭔가 달라졌을까. 잔소리쟁이가 아니었다면······. 그러나 애석하게도 그렇게 하는 게 지원이고 지원은 그런 사람이었다. 영진이 영진인 것처럼.

—그런 생각 해서 뭐 해.
—사랑하면 상대에게 좀 져주고 희생해야 하는데 그걸 못 했다는 게······ 앞으로도 잘할 자신이 없다는 게 좀 두려워.

헤어지는 순간에 사랑 얘기를 한다는 게 어색하다고 생각하면서도 지원은 이런 상태가 사랑의 소강인지, 소멸인지 궁금했다.

서류를 준비해서 접수시키자고 말한 뒤 두 사람은 자리에서 일어났다. 카페 문을 열고 나와 영진은 주민센터가 있는 쪽으로, 지원은 매장이 있는 쪽으로 엇갈려 걸어갔다. 햇빛이 강해서 영진은 이마에 밴 땀을 문질러 닦았고 지원은 블라우스의 소매를 걷어 올렸다. 둘 다 뒤돌아보지 않았다.

*

 스윙댄스 발표회 날, 파트너와 함께하는 순서가 끝난 뒤 랄라와 진은 서로에게 다가갔다. 음악은 끝났고 사람들은 흥분에 휩싸인 채 웃고 떠들었지만 두 사람은 말없이 인사한 뒤 서로의 손을 잡았다. 그리고 약속이라도 한 것처럼 조금 전까지 파트너와 함께 췄던 그 춤을, 몸치라서 무수한 연습 끝에 몸에 익힌 그 춤을 같이 추었다.

 두 사람은 속으로 박자를 세며 앞으로 옆으로 스텝을 밟고 가까워졌다가 멀어지며 한 바퀴 돌았다. 옆에서 코비가 둘이 뭐 하는 거야? 하고 물었다. 한참 쳐다보더니 아, 둘이, 하며 손뼉을 치고 허밍으로 음악을 만들었다. 춤을 추는 동안 두 사람은 서로의 뺨이 발그레해지고 긴장에서 벗어난 몸이 자유롭게 움직이는 것을 느꼈다. 그저 열심히 외운 동작을 흉내 내는 것뿐이지만 같이 춤을 추는 건 즐겁구나, 생각했다.

 춤이 끝난 뒤 두 사람은 손을 놓고 말없이 인사했다. 그리고 자신의 자리로 돌아갔다. 뒤돌아보고 싶었지만 어쩐지 쑥스러워 돌아보지 못했다.

,

작가의 말

이별에 대한 소설을 구상했는데 쓰고 보니 사랑 이야기가 되었다.
두 사람이 같이 걷고 가까워지며 사랑에 빠지는 순간에 대해 쓸 때
어딘가에 이렇게 걸으며 사랑을 속삭이는 사람들이 있을 거라고 생각하면 뻐근해졌다.

이 소설과 함께 12년 차 소설가가 되었다.
내내 저만치 달아나는 그림자를 따라가는 기분이었다.
그림자는 훌쩍 담장을 넘었고 몸을 길게 늘이거나 또렷한 몸짓으로 앞서갔다.
요원한 바람과 지극한 슬픔 속에서도 멈출 수 없었던 건
깨어서 쓰고 고치는 순간에만 살아 있다는 느낌을 받았기 때문이다.

미약한 재주를 허락하신 하나님께,
삶의 많은 부분을 빚진 가족들에게 감사와 사랑을 전한다.
이 소설을 제안해준 예스24의 손민규 님과 소설을 오래 기다려준 위즈덤하우스 분들께,
부족한 원고를 매만져준 이지은 님께도 감사 인사를 전한다.

2018년 1월
시유미

홀딩, 턴

초판 1쇄 발행 2018년 1월 2일
초판 4쇄 발행 2025년 1월 24일

지은이 서유미
펴낸이 최순영

출판1 본부장 한수미
라이프 팀장 곽지희

펴낸곳 ㈜위즈덤하우스 **출판등록** 2000년 5월 23일 제13-1071호
주소 서울특별시 마포구 양화로 19 합정오피스빌딩 17층
전화 02) 2179-5600 **홈페이지** www.wisdomhouse.co.kr

ⓒ 서유미, 2018

ISBN 979-11-6220-253-1 03810

- 이 책의 전부 또는 일부 내용을 재사용하려면 반드시 사전에 저작권자와 ㈜위즈덤하우스의 동의를 받아야 합니다.
- 인쇄·제작 및 유통상의 파본 도서는 구입하신 서점에서 바꿔드립니다.
- 책값은 뒤표지에 있습니다.